BASTEI
LÜBBE

Folgende Romane aus der Reihe ›Die wilden Jahre der Delaneys‹ sind bisher bei Bastei-Lübbe erschienen:

58 500 Der stolze Falke
58 501 Der Glanz des Goldes
58 502 Silver, das Halbblut
58 503 Russische Nächte
58 504 Flammende Leidenschaft

Die wilden Jahre der Delaneys

Fayrene Preston

# GEZÄHMTES HERZ

Roman

Ins Deutsche übertragen
von Britta Evert

BASTEI
LÜBBE

BASTEI-LÜBBE-TASCHENBUCH
Caprice-Sonderband
Band 58 505

Erste Auflage: September 1990


Published by arrangement with Bantam Books, Inc., New York
Caprice-Romane stammen aus der amerikanischen
Taschenbuch-Reihe ›Loveswept‹
Loveswept and the wave device are trademarks of
Bantam Books, Inc.

Deutsche Lizenzausgabe 1990
Bastei-Verlag, Gustav H. Lübbe GmbH & Co., Bergisch Gladbach
Originaltitel: Silken Thunder
Titelillustration: Pino Daeni/Agentur Schlück
Umschlaggestaltung: Quadro Grafik, Bensberg
Satz: VID Verlags- und Industriedrucke GmbH & Co. KG,
Villingen-Schwenningen
Druck und Verarbeitung:
Brodard & Taupin, La Flèche, Frankreich
Printed in France
ISBN 3-404-58505-4

Der Preis dieses Bandes versteht sich einschließlich
der gesetzlichen Mehrwertsteuer.

# 1

*1873, Territorium von Colorado*

O Gott, Sloan lag im Sterben.

Brianne ballte die Fäuste langsam immer fester zusammen, bis die Nägel kleine Halbkreise in die Handfläche bohrten. Erst gestern hatte er sie angelächelt und mit ihr über ihre gemeinsame Zukunft gesprochen. Sie war so sicher gewesen, daß er auf dem besten Weg war, sich wieder zu erholen. Aber während der Nachtstunden hatte sich sein Zustand ständig verschlechtert, und schließlich war sein Körper in heftige Zuckungen verfallen. Getrieben von dem verzweifelten Drang, ihm zu helfen, hatte sie ein Holzstück zwischen seine Zähne geschoben und ihn in den Armen gehalten, während seine kraftvollen Muskeln sich aufbäumten und wanden. Der Krampf hatte nur wenige Minuten angedauert, aber ihr war es wie eine Ewigkeit erschienen.

Jetzt war er ohne Bewußtsein, murmelte undeutliche Worte und warf sich auf seinem Lager hin und her. Noch nie in ihrem Leben hatte sie solche Angst ausgestanden. Noch nie hatte sie sich so hilflos gefühlt.

Gott verdamme Dan Cummings! Sie hätte ihn umbringen sollen, solange sie die Gelegenheit dazu hatte. Aber zu dem Zeitpunkt, als es ihr gelungen war, sich in das Zeltlager zu schleichen, hatten er und seine Männer Sloan nahezu bewußtlos geschlagen. Das war am Sonntagmorgen vor Tagesanbruch gewesen. Sie hatte das Lager in Brand gesetzt und Sloan in dem allgemeinen Durcheinander von dort weggeschafft. Ihre Flucht zu Pferde war für sie beide qualvoll und zermürbend gewesen und hatte Sloans Widerstandskraft nahezu erschöpft.

Erst spät am Nachmittag dieses Tages hatte sie auf einem hohen Felsplateau einen verborgenen kleinen Canyon entdeckt. Er hatte ihr geboten, was sie so verzweifelt gesucht hatte – ein sicheres Versteck und Schutz für sie beide. Zu diesem Zeitpunkt hatte sie geglaubt, alles, was Sloan brauchte, wären ein wenig Ruhe und Erholung. Jetzt war ihr klar, daß sie sich getäuscht hatte. Er brauchte weit mehr. Er war ernsthaft verletzt und litt fürchterliche Schmerzen. Sie mußte ihm helfen. Aber wie?

Nur sie stand zwischen Sloan und dem sicheren Tod, aber es war bei Gott nicht viel, was sie über Krankenpflege wußte. Rising Star, ihre Tante, hatte ihr die Grundkenntnisse über heilende Pflanzen und Kräuter vermittelt, aber wie sollte sie hier in Colorado, einem Gebiet, das ihr völlig fremd war, die nötigen Pflanzen finden? Nur mit viel Glück, und ihres schien sich erschöpft zu haben. Oder mit viel Zeit. Aber auch ihre Zeit wurde knapp.

Sloan stöhnte auf, warf den Arm hoch und traf sie mit voller Wucht auf den Brustkorb. Der heftige Schlag entrang ihr ein Keuchen, aber sie wich nicht von seiner Seite. Sie legte seinen Arm sanft auf die Seite und beugte sich vor, um eine Hand auf seine Stirn zu legen. Er hatte hohes Fieber.

Was sie jetzt am dringendsten brauchte, war mehr Wasser. Am hinteren Ende der Wiese zog sich ein kleiner Bach mit frischem, klarem Wasser in vielen Windungen durch eine Gruppe von Weiden und Pappeln. Dort hatte sie ihre Pferde angebunden, und inzwischen war es an der Zeit, sich um die Tiere zu kümmern. Aber durfte sie es riskieren, Sloan so lange allein zu lassen, wie es dauerte, um Wasser zu holen, die Pferde zu versorgen und wieder den Aufstieg zu ihrer kleinen Höhle zu machen? Wenn er sich weiter so unruhig hin und her warf, bestand die Gefahr, daß er sich selbst verletzte. Andererseits, wenn sie kein Wasser holte, um ihm zu trinken zu geben und seine Stirn zu kühlen, würde er sterben.

Wie konnte sie ihn verlassen?

Aber blieb ihr denn etwas anderes übrig?

Sie neigte sich dicht an sein Ohr. »Sloan, ich gehe nach unten zur Wiese. Ich werde so bald wie möglich wieder da sein, aber du mußt versuchen, ganz still liegen zu bleiben.«

Er wandte den Kopf in die Richtung, wo ihre Stimme erklang, aber seine Augen blieben geschlossen und sein Gemurmel abgerissen und unverständlich.

»Ich liebe dich, Sloan«, wisperte sie, aber die Tränen und die Furcht, die ihr die Kehle zusammenschnürte, ließen ihre Worte kaum hörbar werden.

Ihr Versteck bestand aus einer niedrigen Höhle, die sich etwa acht Meter über dem grasbewachsenen Boden des Canyons in eine Felswand hineingegraben hatte. Ein schmaler Felssims säumte den Eingang der Höhle und zog sich in Windungen bis zur Wiese hinunter.

Als Brianne diesem gefährlichen Weg folgte, stellte sie zu ihrer Überraschung fest, daß ihre Beine von einer bleiernen Schwere waren. Einen Fuß vor den anderen zu setzen wurde auf einmal zu einer fast unüberwindlichen Anstrengung. Plötzlich glitt ihr das Gewehr aus der Hand, schlug auf den felsigen Boden auf und rutschte den Abgrund auf die Wiese hinunter. Brianne blieb abrupt stehen und lehnte sich an die Felswand.

Lähmende Müdigkeit senkte sich über sie wie ein schwerer Umhang und zog ihr Gewicht mit sich nach unten. Sie schüttelte den Kopf und atmete mehrmals tief durch, um die dumpfe Benommenheit zu vertreiben, die sie überfallen hatte. Sie durfte sich nicht erlauben, in ihrer Kraft nachzulassen. Mehr vom Instinkt als von bewußten Überlegungen getrieben, schloß sich ihre Hand um den Griff des Revolvers, der in dem Halfter um ihre Hüfte steckte. Nur allzu sehr war sie sich bewußt, daß sie unablässig auf der Hut sein mußte. Alle ihre Sinne warnten sie, daß irgendwo in der Nähe Gefahr lauerte.

Nachdem sie den Boden des Canyons endlich erreicht hatte, holte sie ihr Gewehr. Voller Angst, es könnte beschädigt sein, untersuchte sie es gründlich und ließ eine Kugel in den Lauf gleiten. Ihre Erleichterung, daß es noch funktionierte, war unbeschreiblich.

So schnell ihre müden Beine es vermochten, lief sie über die Wiese, blind für die Schönheit der üppig wuchernden wilden Blumen und langen Gräser. Ihr wurde nur angstvoll bewußt, daß die tief ausgehöhlten trockenen Flußläufe und die riesigen Felsblöcke einen ausgezeichneten Schutz für Cummings und seine Männer boten, falls – nein, wenn . . . nein, *falls* es ihnen gelang, ihrem und Sloans Versteck auf die Schliche zu kommen.

Die Pferde schienen in einem guten Zustand zu sein. Voller Ungeduld, möglichst schnell wieder bei Sloan zu sein, tränkte sie die Tiere und führte sie zu einem neuen Weideplatz. Dann füllte sie ihre beiden Feldflaschen mit Wasser und lief zum Aufstieg zur Höhle zurück.

Sie hörte das Zwitschern der Vögel, die von Baum zu Baum flatterten, das leise Rauschen des Windes im Gras und das emsige Rascheln kleiner, unsichtbarer Tiere, die ihren Füßen auswichen. Der Bach plätscherte fröhlich durch den Canyon. Rings um sie herum pulsierte das Leben, waren Bewegung und Geräusche, und trotzdem nahm sie nur die Vorahnung des Todes und eine unheilschwangere Stille wahr.

Noch nie in ihrem Leben war sie so allein gewesen. Immer war ihre Familie bei ihr gewesen, hatte sie beschützt und geliebt. Und selbst jetzt wußte sie, daß ihre Verwandten schon auf dem Weg zu ihr sein mußten. Aber heute war erst Dienstag, und es würde noch Tage dauern, bis Hilfe eintraf. Und wenn man sie gefunden hatte, konnte es durchaus schon zu spät sein.

Sie hatte bereits die Hälfte des steilen Pfads, der zu der

Höhle führte, zurückgelegt, als sie die Erkenntnis dessen, was ihr eben durch den Kopf gegangen war, mit voller Wucht traf. Sie war völlig auf sich allein gestellt! Einen flüchtigen Moment lang verfiel sie in blinde Panik, die alles andere in ihr auslöschte. Nein . . . Niemals würde sie diese Situation bewältigen . . . niemals würde sie den Mann in der Höhle, schwer verletzt und krank, wie er war, retten können! Sie war nicht imstande, ihn und sich vor den Männern zu beschützen, die ihnen gnadenlos und unerbittlich auf den Fersen waren. Nicht sie allein.

Um Gottes willen, was dachte sie da nur? Die Frage, ob sie es allein schaffen würde, stellte sich doch gar nicht. Ihr blieb keine Wahl. Niemand war bei ihr, der ihr helfen könnte. Sie mußte sich zusammenreißen. Irgendwo tief in ihrem Inneren mußte sie eine Quelle von Mut und Stärke finden, aus der sie noch nie zuvor hatte schöpfen müssen. Sie betete darum, daß sie diese Quelle entdecken möge.

Im Eingang der Höhle blieb sie wie angewurzelt stehen. Ihre Augen weiteten sich vor Entsetzen. »O mein Gott, Sloan, was tust du denn?«

Er stand aufrecht in der Höhle und schwankte auf unsicheren Beinen hin und her. Schmerz und Verwirrung trübten seinen Blick, aber als sie seinen Namen rief, trat er einen Schritt auf sie zu. Instinktiv machte sie einen Satz, um ihm zu Hilfe zu kommen, aber sie war nicht schnell genug. Er stürzte auf den Boden, streifte mit der Schläfe einen Felsen, und ein schier endloser Blutstrom rann aus der Wunde.

»O Gott!« Panische Angst stieg ihr wie bittere Galle in die Kehle. Er konnte nicht tot sein! Er konnte nicht . . . aber er lag so grauenhaft still, den Kopf in einem merkwürdigen Winkel vom Hals gebogen.

Brianne ließ sich auf den Boden fallen, rutschte zu ihm und tastete verzweifelt nach dem Puls in seiner Halsgrube.

Eine Ewigkeit schien zu verstreichen, bevor es ihr gelang, ein schwaches Pochen zu spüren, und eine Woge der Erleichterung überschwemmte sie. »Sloan, du mußt wieder zu dir kommen«, flehte sie heiser. »Bitte werde wieder wach!« Nur vage war sie sich der Tränen bewußt, die über ihr Gesicht strömten. »Du mußt wach werden, damit ich dir helfen kann.« Zitternd hob sie die Hand, um über seine Stirn zu streichen. Ihre Finger waren naß von Blut. Erst jetzt sah sie, daß sein Blut bereits eine kleine Lache auf dem Boden der Höhle gebildet hatte.

Der Anblick riß sie aus ihrer Betäubung. Mit bebenden Fingern wühlte sie in dem Inhalt ihrer beiden Satteltaschen, bis sie schließlich auf einen kleinen Lappen stieß, mit dem Sloan sein Gewehr reinigte. Der Stoff war verdreckt und schmierig, und sie warf ihn beiseite. Ohne zu überlegen, beugte sie sich vor und zog das Messer heraus, das in ihrem Stiefelschaft steckte. Mit einer raschen Bewegung hob sie den Saum ihres Reitrocks so weit es ging und schnitt das Unterteil ihrer langen Spitzenhöschen sauber ab. Kurz darauf hatte sie ein großes Stück des weißen Stoffs zusammengefaltet und preßte es auf Sloans Wunde.

Nachdem sie die Blutung einigermaßen zum Stillstand gebracht hatte, warf sie einen Blick über die Schulter auf das improvisierte Lager, das sie aus Piniennadeln und Blättern hergerichtet hatte. Ihrer Einschätzung nach lag Sloan etwa einen halben Meter entfernt von diesem Bett auf dem Boden. Irgendwie mußte sie es schaffen, ihn dorthin zu schleppen.

Sie stellte sich hinter ihn, griff nach seinen Armen und zog. Sie konnte ihn nicht einmal einen Zentimeter weiterbewegen. Das Gewicht seines reglosen Körpers wog wie Blei. Brianne stemmte sich mit den Absätzen in den Boden und versuchte es erneut. Ein stechender Schmerz bohrte sich in ihren Rücken, aber sie ließ nicht locker, bis sie Sloan einen Zentimeter weitergezogen hatte, dann zwei, dann drei.

Die Bewegung und das Ziehen an seinen Armen brachten ihn wieder zu sich, und er stöhnte auf. »Nein!«

Der Schmerz saß tief in ihm und bereitete ihm unerträgliche Qualen. Er kämpfte mit aller Macht gegen diese Wogen von Schmerz an, in denen er trieb, aber alle seine Versuche schienen sinnlos zu sein. Er konnte sich von den versengenden Flammen nicht lösen. Sie waren überall. Und die gleißende Sonne machte alles noch schlimmer. Er wußte, wie heiß die Wüste in West-Texas sein konnte, aber noch nie war es so grauenvoll wie heute gewesen. Er hatte das Gefühl, bei lebendigem Leib gebraten zu werden.

Brianne beugte sich über ihn und strich über sein Gesicht. Die Hitze seiner Haut schien ihre Fingerspitzen zu versengen. Lieber Gott, sie verursachte ihm noch größere Schmerzen, aber was sonst konnte sie tun?

Sie hatte das Gefühl, ihr Herz müßte brechen. Sie wischte sich die Tränen aus den Augen. Das verzweifelte Bemühen, ihm verständlich zu machen, was sie tat, war plötzlich das einzige, was Bedeutung hatte. »Ich weiß, daß ich dir weh tue, Sloan, aber ich muß dich in dein Bett zurückbringen.«

»Nein«, murmelte er, diesmal etwas ruhiger.

»Es tut mir leid«, brachte sie heraus. »Es tut mir so leid.« Wieder stiegen ihr Tränen in die Augen, aber sie umklammerte seine Arme mit aller Kraft. Es war ihr gerade gelungen, ihn ein winziges Stück weiterzuzerren, als er begann, sich gegen sie zu wehren. Und obwohl er derart geschwächt war, blieb er doch immer noch ein ungewöhnlich kräftiger Mann.

Sie versuchte ihn daran zu hindern, sich selbst und sie zu verletzen. »Sloan, hör auf! Ich bin es, Brianne! Hör auf!«

Aber er konnte sie nicht hören. Seine Augen blickten wild, und er murmelte unzusammenhängende und undeutliche Worte.

Brianne war wund und zerschlagen. Jeder Schlag, der sie traf, fügte ihrem Körper neue Wunden zu, aber das war nichts im Vergleich zu der inneren Qual, die sie litt. Sie schien nicht in der Lage zu sein, ihm mitzuteilen, wer sie war und was er ihr antat. Sein fiebriges Delirium hatte ihn ihrem Zugriff entzogen.

Ihr Brustkorb schmerzte von der körperlichen Anstrengung, und ihre Kehle zog sich krampfhaft zusammen. Tränen strömten unaufhaltsam aus ihren Augen, und sie besaß nicht die Kraft, sie zu unterdrücken. »Sloan!« rief sie. »Bitte . . . bitte, hör auf!«

Jemand rief seinen Namen. Eine Frau. Ihre Stimme klang vertraut, aber er wußte nicht, wer sie war. Er wußte nur, daß sie ihm weh tat und daß er sie daran hindern mußte. Jedesmal, wenn sie ihn bewegte, schienen seine Eingeweide zu zerreißen, und in seinem Kopf explodierte ein Feuerwerk unerträglicher Schmerzen. Diese Frau quälte ihn, und er wollte, daß sie ihn endlich in Ruhe ließ.

Erst nach einer Weile fiel ihr auf, daß erste Anzeichen auf ein Nachlassen seiner Kraft deuteten. Aber sowie sie es registrierte, bemühte sie sich fieberhaft, die Bewegungen seiner wild um sich schlagenden Arme und Beine zu nutzen, um seinen Körper zum Bett zu zerren. Kalter Schweiß brach aus all ihren Poren, näßte ihre Haut, drang an einigen Stellen durch den Stoff ihrer Bluse und durchtränkte ihn. Ihre Arme schmerzten, und die Muskeln in ihren Beinen bebten und brannten wie Feuer.

Dann ließ plötzlich und unerwartet sein Widerstand nach, und Brianne raffte den letzten Rest Kraft, der ihr geblieben war, zusammen, um ihn auf das Lager zu rollen. Keuchend und außer Atem brach sie neben ihm zusammen. Jeder Knochen, jeder Muskel in ihrem Körper vibrierte vor Erschöpfung und Schmerz.

Daß es ihr gelungen war, ihn bis zum Bett zu schleppen, grenzte an ein Wunder, und ein zweites Mal würde sie einer solchen Leistung nicht mehr fähig sein, das war ihr klar. Sie mußte Maßnahmen ergreifen, um sicherzugehen, daß so etwas nicht noch einmal geschah, jetzt sofort, bevor er das Bewußtsein wiedererlangte. Mühsam richtete sie sich auf, schob die Beine unter sich und versuchte aufzustehen. Aber die Knie gaben sofort ihrem Gewicht nach, und sie fiel der Länge nach hin. Sie war ganz einfach zu erledigt, um sich aufrecht halten zu können.

Sie schloß die Augen, blieb regungslos liegen und zwang sich, die Krämpfe zu ignorieren, die die Muskeln in Armen und Beinen folterten. Ihr Körper teilte ihr unmißverständlich mit, daß sie eine Ruhepause mehr als alles andere brauchte, aber ihr Verstand sagte ihr, daß sie nicht noch einmal in der Lage sein würde, gegen Sloan anzukämpfen, weder körperlich noch geistig.

Voller Entsetzen wurde ihr klar, was sie jetzt zu tun hatte.

Sie rollte sich auf die Seite, stützte sich auf ihre Ellbogen und robbte sich an die Satteltaschen heran. Hier fand sie mühelos, wonach sie gesucht hatte – eine Seilrolle.

Als sie zu Sloan zurückkroch, kämpfte sie gegen die Flut frischer Tränen an, die in ihren Augen brannte und Leib und Seele mit Gewalt zu überfluten drohten. Lieber Gott im Himmel, das alles mußte ein böser Traum sein! Sie wollte ihm das nicht antun. Noch während sie das dachte, wußte sie jedoch, daß sie keine andere Wahl hatte.

Sie kniete sich neben ihn, legte seine Handgelenke nebeneinander und umschlang sie mit einem Stück Seil. Ihre Hände drohten den Dienst zu versagen, als sie versuchte, die Schlinge zu einem Knoten zusammenzuziehen. Innerlich verfluchte sie sich. Diese Aufgabe kostete mehr Zeit, als sie sich leisten konnte. Sie machte einen neuerlichen Versuch, diesmal mit Erfolg.

Plötzlich zerrte Sloan an dem Seil.

Mit einem erschrockenen Aufkeuchen hob sie den Blick zu ihm, und was sie sah, brachte ihr Herz fast zum

Stillstand. Das Gesicht war verzerrt vor Angst und Qual. Selbst in den Tiefen seiner Bewußtlosigkeit versuchte er, sich von ihr und dem Seil loszureißen. Er glich dem Wolf, dessen Zutrauen sie vor so langer Zeit hatte gewinnen wollen, geprägt von derselben tief verwurzelten, primitiven Furcht, gefangen und hilflos zu sein.

Sein Widerstand war jetzt gezielt. Halb verrückt vor Angst rang sie ihn nieder, während sie das Ende des Seils um seine Knöchel wand. Sein Fuß versetzte ihr einen Tritt, dann noch einen, aber sie wich nicht zurück, sondern duckte sich nur vor seinen Füßen, während sie unermüdlich mit dem Seil arbeitete. Endlich hatte sie ihn gefesselt.

Sie sank neben ihm auf den Boden. Müdigkeit und äußerste Erschöpfung zerrten an ihr, und am liebsten hätte sie sich in eine Welt des Vergessens und tiefen Friedens sinken lassen, aber sie hatte Angst, dieser Schwäche nachzugeben. Sie mußte versuchen, Sloans Fieber zu senken, und sie mußte unablässig auf dem Posten bleiben, um Cummings und seine Leute sofort zu entdecken, falls sie kamen.

Und was um Himmels willen würde geschehen, wenn Sloan starb, während sie schlief? Sie lag dicht neben ihm und spürte die Hitze seines fiebrigen Körpers. Und wenn sie nun erwachte und ihn still und kalt vorfand? Jetzt zu schlafen war fast so, als würde sie ihn im Stich lassen, und das brachte sie nicht übers Herz.

Sie kämpfte mit aller Kraft darum, wach zu bleiben, verlor aber schließlich den Kampf und sank in tiefen Schlaf.

»Cally, verdammt . . . warum hast du das getan?«

Sloans Schreie rissen sie aus dem Schlaf und jagten ihr kalte Angstschauer über den Rücken. Blitzschnell griff sie nach dem Revolver, aber eine kurze Überprüfung der Höhle verriet ihr, daß keine Eindringlinge darin lauerten. Noch leicht benommen sah sie sich etwas gründlicher um. Sie hatte keine Ahnung, wie lange sie geschlafen hatte, aber inzwischen war es Nacht geworden. Das Feuer war heruntergebrannt, und die Luft in der Höhle war kalt und klamm geworden. Dünner Nieselregen fiel auf den Boden des Canyons nieder.

Sie wandte sich zu Sloan um. Eine sanfte Berührung seines Gesichts reichte aus, um ihr zu sagen, daß sein Fieber in den wenigen Stunden, die sie geschlafen hatte, noch um einige Grade gestiegen war.

»Cally . . . warum . . . warum . . .« Seine Stimme erstarb, erstickt von heftigen Emotionen.

Was hatte er gesagt? Sie kniete sich neben ihn, kaum fähig, sein Gesicht in der Dunkelheit zu erkennen. »Sloan, ich bin es, Brianne.«

»Cally . . .«

Er rief nach ihr und nannte den Namen einer anderen Frau. Ein glühender Draht schien sich in ihr Herz zu fressen. Sie wußte nur zu gut, daß er delirierte, aber . . . dieses Wissen machte es um nichts leichter für sie.

Sie nahm sein Gesicht in beide Hände und versuchte, ihn dazu zu bringen, sie anzusehen. »Ich bin Brianne, Sloan. Sieh mich an!«

Sein Blick schien sich auf sie zu heften.

»David?« fragte er kaum hörbar.

»Nein«, schluchzte sie und brach in Tränen aus. Sie weinte so sehr, daß ihre Lungen zu schmerzen begannen. Wo mochten nur all diese Tränen herkommen? durchzuckte es sie. »Sloan, ich bin es, Brianne. Kannst du mich nicht sehen?«

»David«, wiederholte er noch leiser.

Davids Gesicht war so nah. Mit dem blonden Haar und den blauen Augen ähnelte er ihrer Mutter so sehr. O Gott, es war so lange her, seit er ihn gesehen hatte. Er spürte eine

Woge ungeahnten Glücks über sich zusammenschlagen. »Ich war so einsam ohne dich«, sagte er zu David.

Brianne ließ sich auf die Fersen zurückfallen und preßte die Ballen ihrer Hände fest gegen ihre Augen. Sie mußte sich wieder in den Griff bekommen. Eine Müdigkeit, die tief in ihren Knochen saß, verlangsamte jede ihrer Bewegungen, aber sie kroch zum Lagerfeuer und fachte es neu an. Morgen früh würde sie Blätter und Holz holen müssen, erinnerte sie sich. Suchend sah sie sich nach den zwei Feldflaschen und dem Gewehr um. Sie lagen draußen auf dem Felssims. Plötzlich fiel es ihr wieder ein. Sie hatte alles fallen lassen, als sie die Höhle betreten und Sloan aufrecht stehend vorgefunden hatte.

Mühsam erhob sie sich und stellte voller Erleichterung fest, daß ihre Beine sie jetzt zumindest wieder zu tragen vermochten. Als erstes griff sie nach dem Gewehr, überprüfte es und lehnte es dann in sicherer Reichweite an die Wand der Höhle.

Als sie ihre Aufmerksamkeit den beiden Feldflaschen widmete, stieß sie einen unterdrückten Verzweiflungsschrei aus. Eine der Flaschen war voll, die andere leer. Der Verschluß hatte sich beim Fallen offensichtlich gelöst, und der ganze Inhalt war auf den Boden geflossen.

Mit zitternden Fingern rieb sie sich die Stirn und versuchte, den Tatsachen möglichst gefaßt ins Auge zu sehen. Sie würde mehr als nur eine Feldflasche mit Wasser brauchen. Offensichtlich blieb ihr keine Wahl. Sie mußte noch einmal den Abstieg zum Bach wagen.

Sie kniete neben Sloan nieder. »Ich muß noch Wasser holen, aber ich bin so schnell ich kann wieder zurück, das verspreche ich.« Sie wußte natürlich, daß er sie nicht hören konnte, aber aus irgendeinem Grund half es ihr, mit ihm zu sprechen. Im schwachen Schein des Feuers erkannte sie die furchtbaren Schnitte und Wunden in seinem Gesicht und sein dunkles Haar, das ihm strähnig und feucht in die Stirn hing. Ich liebe dich so sehr, dachte sie, als sie ihre Lippen auf die trockene, heiße Haut seiner Stirn preßte.

Er zuckte zurück. »Cally!«

Sie machte sich auf den Weg in den Canyon hinunter. Der Regen hatte nachgelassen, und der Mond, der hinter den Wolken aufgetaucht war, warf sein fahles Licht auf den felsigen Pfad. Sie hatte diesen Weg nun schon mehrere Male zurückgelegt, aber noch nie nachts und noch nie auf feuchtem, rutschigem Boden.

Sie glitt aus und stürzte auf spitze Felsen, die sich in ihre Hände bohrten. Eins ihrer Beine baumelte über dem Abgrund. Sie mußte fast an derselben Stelle sein, wo ihr früher am Tag das Gewehr aus der Hand gerutscht und etliche Meter nach unten gefallen war, bevor es auf einem Felsen aufschlug und im Gras landete. Dasselbe hätte jetzt ebensogut ihr passieren können.

Kalte Angst kroch in ihr hoch. Wäre sie abgestürzt, hätte Sloan sich in einer rettungslosen Lage befunden. Sie hatte ihn zu seinem eigenen Schutz an Händen und Füßen gefesselt, aber falls ihr irgend etwas zustieß, würde er völlig hilflos den Elementen und wilden Tieren ausgeliefert sein – und vielleicht, was schlimmer als alles andere wäre, Dan Cummings.

Und damit wäre Sloans Schicksal besiegelt.

Zum erstenmal in ihrem Leben war ihr bewußt, daß sie in ihrer jetzigen Situation auch auf sich selbst gut achtgeben mußte und kein Risiko eingehen durfte. Sie war die einzige Chance, die Sloan hatte. Er war vollkommen abhängig von ihr.

Sie zog ihr Bein hoch und stellte sich langsam und vorsichtig wieder auf die Füße. Nachdem sie die aufgeschürften, blutenden Hände an ihrem Rock abgewischt hatte, setzte sie ihren Weg fort, diesmal durch behutsames Vorwärtstasten, um ganz sicherzugehen, daß sie festen Boden unter den Füßen hatte.

Dennoch bereitete ihr der Abstieg Mühe. Die Dunkelheit, die Erschöpfung und die Angst um Sloan – gegen all das mußte sie ankämpfen. Sie hatte ihre körperliche Gewandtheit und Ausdauer immer für selbstverständlich gehalten, aber jetzt brauchte sie ihre ganze Konzentration, um durchzuhalten.

Als sie endlich wieder in der Höhle war, goß sie den Inhalt einer Feldflasche in einen Topf und stellte diesen auf das Feuer. Sie wollte ihre Hände waschen und Sloans frische Kopfwunde säubern. Während sie darauf wartete, daß das Wasser warm wurde, lauschte sie aufmerksam auf Sloans abgerissenes Gemurmel. Immer wieder tauchte der Name Cally in seinen wirren Reden auf. Wer moche sie sein? Sie wußte, daß es in Sloans Leben viele Frauen gegeben haben mußte, aber diese eine schien ihm soviel zu bedeuten, daß er selbst in seinem wilden Fieberwahn nach ihr verlangte.

Genaugenommen, was wußte sie eigentlich schon von ihm und dem Leben, das er vor ihrer Begegnung geführt hatte? Daß er während des Bürgerkrieges ein Blockadebrecher gewesen war, jetzt ein erfolgreicher Finanzmann war, in New York lebte, aber in West-Texas aufgewachsen war. Und daß er nach Chango gekommen war, um sich an Wes McCord für den Tod seines Bruders David vor fünfzehn Jahren zu rächen.

Er hatte ihr gegenüber nie eine Frau erwähnt, und mit sinkendem Mut wurde ihr klar, daß es keineswegs ausgeschlossen war, daß er ein verheirateter Mann war.

Sie hatte sich in ihn verliebt, ihm ihre Jungfräulichkeit geopfert, ihr Leben aufs Spiel gesetzt, um seines zu retten. Aber erst jetzt begann sie zu begreifen, daß er in vielerlei Hinsicht ein Buch mit sieben Siegeln für sie war. Kurz nachdem sie ihn kennengelernt hatte, hatte sie ihrem Bruder Patrick gesagt, daß sie Sloan Lassiter für einen undurchsichtigen und gefährlichen Mann hielte. Ihre Vermutung hatte sich inzwischen bestätigt – und er war noch viel mehr. Vielschichtig war vielleicht das treffendste Wort. Sie kannte ihn überhaupt nicht.

Brianne nahm den Topf vom Feuer, schnitt ein großes Stück aus dem anderen Bein ihrer Unterhose und ging zu Sloan. Trotz seiner Fesseln warf er sich ruhelos im Fieber hin und her.

Die eiserne Kontrolle, die sie ihren Gefühlen aufgezwungen hatte, drohte zu zerbrechen, als sie sah, daß er sich seine Handgelenke bei dem Versuch, sich von seinen Fesseln zu befreien, bis auf die Haut aufgescheuert hatte. Er war voller Panik und Angst, und sosehr sie ihn auch liebte und sich bemühte, ihm zu helfen, gelang es ihr nicht, zu ihm durchzudringen und seine instinktive Furcht zu besänftigen.

Sie wusch die Wunde an seiner Schläfe aus und öffnete dann sein Hemd. Die Quetschungen, die von den brutalen Schlägen Dan Cummings' und seiner Männer stammten, hatten sich verdunkelt, seit sie sie zum letzten Mal angesehen hatte. Große, häßliche Verfärbungen bedeckten nahezu jeden Zentimeter seines Brustkorbs. An einigen Stellen war die Haut geschwollen und aufgeplatzt, und sie hatte den Eindruck, den Beginn einer Wundinfektion zu entdecken. Im Licht des Feuers wirkten die Quetschungen fast schwarz.

Sanft säuberte sie sein Gesicht, seine Arme und seine Brust, ungeachtet seiner pausenlosen Versuche, ihrer Berührung auszuweichen. Sie wußte, daß sie ihm weh tat, aber es kam jetzt vor allem darauf an, seinen Körper zu kühlen und das Fieber zu senken. Sie weinte still vor sich hin, als sie von neuem mit dem ganzen Ausmaß seiner Verletzungen konfrontiert wurde. Und alles, was sie sah, waren nur oberflächliche Wunden. Gott allein wußte, wie es in seinem Inneren aussah. Möglicherweise blutete er.

Sie verlor jeden Zeitbegriff, während sie ihn pflegte.

Wenn der eine Arm erlahmte, wechselte sie auf den anderen über. Schließlich streifte sie seine Hosen ab und wusch seine Beine. Mehrmals gelang es ihr, etwas Flüssigkeit in seinen Mund zu träufeln, indem sie einen wassergetränkten Lappen an seine Lippen hielt.

Sie ignorierte den Schmerz in ihrem Rücken und die Muskelkrämpfe, die sich in den Armen ankündigten. Jeder Gedanke an die eigene Erschöpfung und Qual wurde verdrängt, und unablässig fuhr sie statt dessen in ihren Bemühungen fort, sein Fieber zu senken.

»O Gott, ich habe ihn umgebracht. Ich habe ihn umgebracht!«

Sie hatte Sloan den Rücken zugekehrt, um etwas Holz auf das Feuer nachzulegen, als sie ihn schreien hörte. Sie wirbelte herum und rannte zu ihm. »Sloan, was ist los?«

»Ich habe ihn umgebracht.« Seine Stimme war belegt und rauh.

»Wach auf, Sloan. Wach auf!«

Er murmelte etwas, aber sie konnte ihn kaum verstehen. Dann schlug er die Augen auf und sah sie direkt an. »Das war ein . . . ein höllischer Ritt . . . vorhin . . .«

Grenzenlose Erleichterung breitete sich in ihr aus. »Gott sei Dank! Du wirst bald wieder gesund werden!«

»Ich glaube, dieses Grundstück am Fluß ist eine gute Investition«, sagte er klar und deutlich.

Sie sackte in sich zusammen. Einen kurzen Augenblick lang war er bei ihr gewesen. Jetzt war er wieder weit, weit weg, und sie fürchtete sich fast zu Tode.

»Binde mich los, verdammt!«

»Ich kann nicht, Sloan.« Die Qual in seiner Stimme zerriß ihr fast das Herz. Sie nahm ihn in die Arme, hielt ihn fest und wiegte ihn zärtlich hin und her. »Ganz ruhig«, murmelte sie. »Ganz ruhig.«

»Ich bin froh, daß du hier bist.«

Seine Worte klangen liebevoll, aber diesmal unterlag sie

nicht dem Irrtum, daß sie ihr gelten könnten. Irgendwie spürte sie, daß er jemand anders meinte. Sie küßte seine Wange. Seine Haut war so spröde, daß sie sich unter ihren Lippen wie Papier anfühlte. Aber war sie nicht ein wenig kühler? »Ich bin auch froh.«

»Es tut so weh, Mama.«

Er hielt sie für seine Mutter, aber sie litt längst nicht mehr darunter, daß er sie nicht erkannte. Sie würde alles für ihn tun, jeder Mensch für ihn sein, der ihm Trost geben konnte. Sie drückte ihn fester an sich und begann ein irisches Schlaflied zu summen, das Malvina ihr oft vorgesungen hatte.

»Ich wünschte, ich könnte dich sehen«, sagte er. »Ich bin so allein.«

Sie konnte gut verstehen, was er empfand. Seit Sonntag hatte sie alles über Einsamkeit gelernt, wie sie die Willenskraft zerstörte, sich langsam tief ins Herz fressen konnte und einem das Gefühl vermittelte, von allen verlassen worden zu sein. Aber Selbstmitleid würde ihr auch nicht weiterhelfen. Sie sang weiter, mit leiser, gebrochener Stimme, bis er wieder in einen unruhigen Schlummer sank.

Dann, seinen erhitzten Körper an ihre Brust gedrückt, lehnte sie sich mit dem Rücken an die feuchtkalte Wand der Höhle und starrte in die Dunkelheit hinaus. All die Eigenschaften, die ihr Selbst ausgemacht hatten – Stärke, Begabung, Selbstbewußtsein –, schienen eine nach der anderen abzubröckeln und sie bloß und schutzlos zurückzulassen.

Sie war immer felsenfest überzeugt gewesen, die Fähigkeit zu besitzen, mit allem fertig zu werden. Jetzt erkannte sie, daß es eines gab, was sie nicht besiegen konnte – den Tod. Und, lieber Gott im Himmel, sie spürte, daß er näher und näher rückte.

# 2

Finster starrte Wes McCord auf die verwüsteten, rauchgeschwärzten Ruinen all dessen, das noch vor zwei Tagen das Herzstück eines Plans zur Erfüllung seiner Träume von unermeßlichem Reichtum und Macht dargestellt hatte. Seine Zeltstadt . . . der Ort, an dem er seine Leute zusammengeschart und die Materialien für den Bau der Eisenbahn gelagert hatte, die nach seinem Willen durch Chango führen sollte.

Er hatte die Finanzierung im Griff; Arbeiter und Vorräte waren an Ort und Stelle. Er hatte verdammt hart gearbeitet. Und jetzt das.

Seine grauen Augen ruhten auf dem Bild der Zerstörung, das sich ihm überall ringsum bot. Weit mehr, als Dutch ursprünglich berichtet hatte, war ruiniert worden, sämtliche Zelte sowie fast alle Vorräte und Baumaterialien.

Das Feuer würde ihn sowohl in punkto Geld wie Zeit teuer zu stehen kommen. Die Leute in Washington würden über diese Verzögerung sicher nicht glücklich sein. Vielleicht zogen sie ihr Angebot sogar zurück und gaben den Auftrag einem anderen.

Kalte Furcht stieg in ihm auf. Er durfte nicht zulassen, daß dieses Projekt scheiterte. Er konnte einfach nicht alles verlieren, wofür er gearbeitet hatte!

Er war so tief in Gedanken versunken, daß ihn das Geräusch von Pferdehufen und das leichte Knarren von Leder völlig überrumpelte. Er wirbelte herum und sah Dutch vor sich. Er fixierte den muskulösen jungen Mann mit einem harten Blick. »Hat Cummings Lassiter und dieses Delaney-Mädchen gefunden?«

Dutch, der nach einem einzigen Blick auf seinen Boß entschieden hatte, daß es klüger wäre, nicht abzusteigen, schüttelte den Kopf. Es war nicht schwer zu erraten, daß McCord in einer gefährlichen, unberechenbaren Stimmung war. »Die Kleine scheint sich gut darauf zu verstehen, andere abzuhängen.«

»Verdammt, sie hat einen Verwundeten bei sich. Es kann nicht so schwer sein, die beiden aufzuspüren. Kehr sofort um und sag Cummings, daß er sie finden muß.«

»Es wird ganz schön schwer sein, Cummings zu finden.«

»Diesen Mist kannst du dir sparen.«

Beim Klang der harten, zornigen Stimme warf das Pferd den Kopf zurück, bäumte sich auf und tänzelte unruhig hin und her. Dutch beruhigte das Tier und warf McCord von der Seite einen vorsichtigen Blick zu. »Cummings hat ein irres Tempo vorgelegt. Er gönnt den Männern keine Ruhepause.«

»Niemand kommt zur Ruhe, bevor die beiden gefunden sind und ich mein Geschäftsbuch zurückhabe. *Niemand*. Verstanden?«

Dutch richtete sich im Sattel auf. »Ja, Sir.«

»Nimm dir ein paar Männer, und mach dich sofort wieder auf den Weg. Teilt euch auf, falls es nötig ist. Ihr müßt Cummings unbedingt erwischen. Ich erwarte regelmäßige Berichte über alles, was vorgeht.«

»Ja, Sir.« Dutch machte eine Kehrtwendung und galoppierte der sinkenden Nacht entgegen. Er steckte zwischen zwei Besessenen – Cummings und McCord –, und diese Situation drohte gefährlich zu werden. Falls das Geschäftsbuch nicht bald auftauchte, überlegte er, würde er sich demnächst verdrücken und nie wieder zurückkommen.

Wes wandte den Blick wieder den Überresten seiner Zeltstadt zu. Zerstörung und Chaos waren überall, wo er hinsah, und er wurde das beklemmende Gefühl nicht los, daß dies ein böses Omen sein könnte.

Wenn ich dich finde, Sloan, wirst du mir für all das zahlen!

Bevor Sloan in Chango aufgekreuzt war, hatte er alles nach seinen Wünschen arrangiert. Anna. Die Eisenbahn. Das Geld und die Macht, die er immer gewollt hatte, in greifbarer Nähe. Jetzt spürte er, wie alles seinen Händen entglitt.

Lang vergessene Erinnerungen stürmten auf ihn ein, und plötzlich befand er sich nicht mehr inmitten seines abgebrannten Zeltlagers. Er war wieder ein kleiner Junge in einem Goldgräberlager in Nevada, mit leerem und von Hunger verkrampftem Magen, die schmale Gestalt zitternd vor Kälte.

Er hob die Hände hoch und preßte sie fast beschwörend an seine Schläfen. Er mußte den Geist dieses kleinen Jungen für immer aus seiner Erinerung verdrängen. Nie würde er hungern . . . um nichts in der Welt. Nie wieder würde er sich nach etwas sehnen und es dann nicht bekommen.

Mit einer wilden Bewegung wirbelte er herum. »He, du«, fuhr er einen Cowboy an, der gerade vorbeikam. »Bring mir mein Pferd.«

Er holte alles aus seinem Pferd heraus und schlug immer wieder gnadenlos mit der Peitsche zu, um es zu einem noch schnelleren Tempo anzutreiben. Als er Chango erreichte, war es bereits spät am Abend. Sein Pferd war schweißüberströmt und keuchte schwer; Schaum tropfte aus seinem Maul.

Wes riß die Zügel beim Mietstall so hart und abrupt zurück, daß das Pferd sich auf die Hinterhand fallen ließ. Er sprang ab und warf die Zügel achtlos dem Stallburschen zu.

Ohne einen Blick zurück zu werfen, folgte er den dunklen Straßen bis zu Nilsens Kaufladen. An jedem anderen Abend hätte sich um diese Zeit bereits tiefe Ruhe über die Stadt gesenkt. Aber heute nahm Wes unverkennbare Anzeichen von Unruhe wahr. Immer noch lungerten Männer auf den Straßen herum, standen in kleinen Gruppen beisammen und unterhielten sich mit gesenkten Stimmen. Als sie ihn sahen, hoben sie die Köpfe, und ihre Blicke folgten ihm. Offensichtlich hatten sich die Vorfälle in der Zeltstadt in Chango herumgesprochen und wurden jetzt eifrig diskutiert, obwohl es niemand wagte, direkt mit den Fragen an ihn heranzutreten, die alle schon seit Stunden beschäftigten.

Er bog in eine Seitenstraße, die zur Hinterseite des Kaufladens führte. Inzwischen war den Bewohnern von Chango mit Sicherheit klar geworden, daß das Feuer in der Zeltstadt Verzögerungen und andere Probleme für den Bau der Eisenbahnlinie bedeutete. Auf die eine oder andere Weise war jeder von den Auswirkungen betroffen. Die Aussichten für die Zukunft erschienen plötzlich nicht mehr so rosig; das angenehme Leben und Treiben in der Stadt, mit dem Versprechen auf baldigen Wohlstand, würde eine Weile nicht mehr ganz so angenehm sein.

Ein schmales Lächeln spielte um Wes' Lippen. Er hatte in seinem Leben keinen einzigen angenehmen Tag verbracht. Furcht und Rastlosigkeit hatten ihm beständig im Nacken gesessen und ihn kaum je zur Ruhe kommen lassen. Normalerweise gelang es ihm, den Aufruhr, der so heftig in ihm tobte, unter Kontrolle zu halten und alle verräterischen Anzeichen für die Kämpfe, die er mit sich ausfocht, zu verbergen. Aber jetzt hatte er zwei Tage lang unablässig über die Auswirkungen des Feuers und die Möglichkeit, daß er das Geschäftsbuch nie zurückbekommen würde, nachgedacht. Zwei Tage, in denen sich Wut und Verzweiflung tief in seine Seele gefressen hatten.

Er blieb unter Annas Schlafzimmerfenster stehen und sah hinauf. Jesus. Wie oft schon war er hier gewesen, wenn die Dämonen, die ihn hetzten, ihm die Nachtruhe geraubt hatten? Stets hatte er sich damit begnügt, wie ein liebeskranker Jüngling zu diesem Fenster hinaufzustarren.

Bei Gott, heute abend würde er sich damit nicht

zufriedengeben. Er griff nach einer Handvoll Kieselsteinen und schleuderte sie gegen die Fensterscheibe.

Als Anna das Aufprallen der Steine an ihrem Fenster hörte, fuhr sie hoch.

Was um Himmels willen war los?

Sie warf die Bettdecke zurück und eilte zum Fenster. Obwohl sie sich schon vor einer ganzen Weile zurückgezogen hatte, war sie nicht fähig gewesen zu schlafen, und die Lampe auf dem Nachttisch brannte noch. Aber als sie hinaussah und Wes entdeckte, glaubte sie einen Moment lang zu träumen. Noch nie zuvor hatte er so etwas getan.

Sorgsam darauf bedacht, keinen Lärm zu machen, schob sie das Fenster nach oben und steckte den Kopf heraus. »Was ist los?« rief sie mit gedämpfter Stimme.

»Komm runter«, befahl er, ohne sich die Mühe zu machen, die Stimme zu senken.

»Psst! Hast du den Verstand verloren? Papa schläft im Nebenzimmer. Er wird dich hören.«

»Das ist mir egal, verdammt! Wenn du nicht runterkommst, hole ich dich.«

Anna vergeudete keine Zeit mehr damit, ihm gut zuzureden. Sie hatte erkannt, daß es ein sinnloses Unterfangen wäre. Wesley war in einer seltsam aufgebrachten Stimmung, die sie an ihm noch nie erlebt hatte. Mit fliegenden Händen schloß sie das Fenster und lief aus dem Zimmer. Ihr Herz hämmerte in panischer Angst, als sie mit bloßen Füße über den Boden huschte und die Holztreppe zum Lagerraum des Geschäfts hinuntereilte. Warum war Wesley hier und riskierte, daß ihr Geheimnis entdeckt wurde? Sie hatte ihn noch nie betrunken gesehen, aber sie hatte gehört, was draußen in der Zeltstadt vorgefallen war. Vermutlich war das Grund genug, um zur Flasche zu greifen; aber dennoch, er hätte nicht hierher kommen dürfen.

Als sie vor der Hintertür stand, griff sie hastig nach dem Türknopf, drehte ihn um und zog leise die Tür auf.

Wesley stand vor ihr.

Sie hatte kaum Gelegenheit, sein verschmutztes, staubiges Äußeres zu registrieren, da er sie unvermittelt grob gegen die Tür drückte und seine Lippen auf ihren Mund preßte. Völlig überrumpelt von diesem Angriff, durchzuckte sie ein spontanes Gefühl unbezähmbarer Lust.

Sein Mund schmeckte nicht nach Whiskey, sondern vermittelte nur die vertraute süße Hitze, die sie immer spürte, wenn er sie küßte. Jede Faser ihres Körpers schrie danach nachzugeben, sich an ihn zu klammern, aber der Gedanke, daß sie hier an der Hintertür des Ladens jeden Moment von ihrem Vater oder einem zufälligen Passanten ertappt werden könnte, ernüchterte sie schnell.

Sie entwand sich seinen Armen und stemmte sich gegen ihn, bis sie einen kleinen Abstand zwischen ihr und ihm geschaffen hatte. »Was willst du hier?« stieß sie atemlos hervor.

Er lachte, aber in seinen grauen Augen glomm ein fahles Licht, das sie noch nie darin gesehen hatte. »Ich dachte, das wäre offensichtlich. Ich habe dich letzte Nacht nicht gehabt. Ich will dich jetzt.«

»Ich bin wie immer zu deinem Haus gegangen«, gab sie heftig zurück. »Du warst nicht da.«

Er preßte sich wieder an sie, und der dünne Batist ihres Nachthemds bot wenig Schutz gegen seinen Körper oder das rauhe Holz der Tür.

»Du klingst verärgert«, stellte er gedehnt fest. »Hast du mich vermißt?«

»Nein, natürlich nicht!«

»Aber ich habe dich vermißt. Mein Gott, habe ich dich vermißt.«

Verzweifelt bemühte sie sich, ihn wegzustoßen. »Wesley,

ich habe keine Ahnung, ob Papa schon schläft. Und selbst wenn, könnte er jeden Moment aufwachen.«

»Dann laß uns von hier verschwinden.« Er packte sie unvermittelt am Arm und zog sie mit sich.

Einen Moment war sie zu betäubt, um sich zu wehren, zu verwirrt durch sein Verhalten. Heute abend war er ganz anders als der Mann, den sie kannte, und er machte ihr Angst. Alle Fesseln der Zivilisation schienen von ihm abgefallen zu sein, seine Gefühle enthüllt und seine Nerven bloßgelegt zu haben.

»Wesley, warte! Ich verstehe dich nicht! Wohin bringst du mich? Das ist nicht der Weg zu deinem Haus.«

Seine weitausholenden Schritte hielten keine Sekunde inne, während er sie mit sich zog, hinaus aus der Stadt in die Wälder, die eine Seite von Chango säumten. »Es würde zu lange dauern, dich in mein Haus zu bringen«, murmelte er.

Ihr Blut gefror, als ihr bewußt wurde, daß er, voller Ungeduld, sie zu besitzen, sie irgendwo in den Wäldern nehmen wollte, wie ein brünftiges Tier. Die Vorstellung erfüllte sie mit Entsetzen und Ekel. »Nein!« Sie riß sich los und rannte zurück zur Stadt. Undurchdringliche Dunkelheit umhüllte sie, Äste peitschten ihr langes blaßgoldenes Haar und zerrissen ihr Nachthemd. Ein spitzer Gegenstand bohrte sich in ihre Fußsohle, und sie stolperte. Blitzschnell fing Wes sie in seinen Armen auf.

Das Mondlicht warf seltsame Schatten auf sein hartes, hungriges Gesicht und verlieh seinen Zügen eine unheimliche, gnadenlose Schärfe. Voller Verzweiflung spürte sie, daß Furcht und Erregung zugleich sie wie ein Peitschenhieb trafen.

»Du gehörst mir, Anna. Vergiß das nie. Und wenn ich dich haben will, nehme ich dich.« Er drehte sich auf dem Absatz um und trug sie in die Tiefe des Waldes hinein.

Sie schlug mit den Fäusten gegen seine Brust, aber er hielt

sie so fest, daß ihre Anstrengungen sinnlos waren. »Das gehört nicht zu unserer Abmachung! Wir sollten heute abend nicht zusammen sein.«

Sein Lachen hätte wilde Tiere vertreiben können, so kalt und drohend klang es.

»Neue Regeln, Anna.«

»Das ist nicht fair!« rief sie aus.

»Hast du Fairneß von mir erwartet?« fragte er, als er aus den Bäumen hervortrat und sich einer Lichtung näherte.

Dunkle Wolken zogen über den Himmel und streiften den Mond. Silberne Lichtstrahlen glitzerten, verschwanden, um Momente später wieder zu erstrahlen. Ohne auch nur eine Sekunde innezuhalten, bettete er sie auf den Boden und beugte sich über sie.

Sie hatte nicht einmal Zeit, Luft zu holen, bevor sein Mund den ihren mit einer Wildheit in Besitz nahm, die sie bis in die Zehenspitzen erschütterte. Es war, als ob blindes, hungriges Verlangen ihn gefangenhielt, und nichts, was sie tun konnte, würde ihn daran hindern, sie zu nehmen. Aber sie versuchte es. O Gott, wie sehr versuchte sie es!

Ihre Fingernägel stießen in sein Gesicht, rissen seine Haut bis aufs Blut auf. Mit aller Kraft schlug sie nach ihm, trat mit den Füßen und versuchte, ihn von sich zu stoßen. Er reagierte kaum auf ihre verzweifelten Attacken, fing nur ihre Handgelenke mit einer Hand ein und preßte sie über ihrem Kopf auf den Boden. »Wehr dich nicht, Anna. Du könntest dir weh tun.«

»Es tut weh!«

»Dann hör auf, mich zu bekämpfen. Ich will dich hier und jetzt, und du willst es auch, wenn du ehrlich bist.« Seine Stimme war belegt und heiser, und seine Augen schienen im blassen Mondlicht wie heißes flüssiges Silber zu glitzern. »Verdammt, du hast viel zuviel an.«

»Nein!« schrie sie, aber er riß mit einer raschen Bewegung ihr Nachthemd von oben bis unten auf und entblößte ihren matt schimmernden Körper. Nur einen Moment lang spürte sie einen kühlen Hauch der Nachtluft über ihre Haut streichen, dann küßte er sie wieder, und die Hand, die sie nicht hielt, umfaßte ihre Brüste. Ihr Magen schien zu einem heißen Feuerball zu werden, der mit jeder seiner Berührungen und Küsse größer und verzehrender wurde.

Wie war das nur möglich? fragte sie sich benommen. Ohne auch nur einen Gedanken an ihre Wünsche oder Empfindungen zu verschwenden, fiel er über sie her. Sein Knie drängte sich zwischen ihre Schenkel und schob sich weiter nach oben, und seine Zunge tauchte tief in ihren Mund. Wilde Lust durchzuckte sie und ließ sie am ganzen Körper erbeben. Voller Haß auf sich selbst biß sie wütend in seine Lippe.

»Verdammt!« Sein Kopf hob sich, und seine Finger berührten das dünne Blutrinnsal in seinem Mundwinkel. Dann lächelte er sie an. »Es gefällt dir also zu beißen? Das hast du mir nie erzählt. Aber mir soll es recht sein. Dieses Spielchen können wir eine Weile fortführen.«

Die Erlösung von seinem Mund war nur kurz. Er senkte den Kopf auf ihre Brust und ließ seine Zunge über die steil aufgerichtete Spitze kreisen. Flammen von Leidenschaft schlugen über ihr zusammen, zerstörten ihren Widerstand. Sie glaubte, den Verstand verlieren zu müssen. Jedesmal wenn seine Zähne ihre Haut streiften, rief sie unbezähmbare, heiße Empfindungen in ihr hervor. Es war unerträglich erregend.

»Wehr dich nicht, Anna«, murmelte er. »Ich brauche dich so sehr.«

Es gelang ihr nicht, das Aufstöhnen zu unterdrücken, das sich ihrer Kehle entrang, aber sie wußte, daß sie seine Raserei aufhalten mußte, wenn sie nicht von den verräterischen Reaktionen ihres Körpers überwältigt werden wollte. »Wesley, du kannst nicht – Nein!«

Ihre Schreie prallten an ihm ab, als wäre er aus Stein. Ihr Willen und ihre Gefühle konnten das ständig in ihm wachsende Begehren nicht durchdringen. Er hob die Hüften, öffnete schnell seine Hosen und schob sich zwischen ihre Schenkel.

Ich bin nicht bereit, dachte sie panisch. Sie war zu verspannt, zu trocken. Er würde sie in Stücke reißen!

Er senkte den Kopf und legte seine Lippen auf das winzige Hautstück zwischen Hals und Schulter. Seine Zunge liebkoste diese empfindliche Stelle. Heiße Schauer durchfluteten sie.

Sein Mund wanderte ihren Hals hinauf, und er murmelte etwas, das sie nicht verstand.

Mit schwachen Armen stemmte sie sich gegen ihn. »Warte, Wesley. Ich bin nicht –«

Er achtete nicht auf sie.

Kraftvoll drang er in sie ein, und im selben Moment biß er sie in den Hals, so daß seine Zähne die überreizten Nerven unter der Haut ritzten.

Sie stieß einen ekstatischen Schrei aus und klammerte sich an ihn. All das konnte nicht wirklich geschehen, ging es ihr vage durch den Kopf. Sie wollte ihn, schamlos, rückhaltslos, so wie jetzt, ohne Zögern, ohne Zärtlichkeit. Bis zu einem Grad entflammt, der jenseits aller Vorstellungskraft lag, antwortete ihr Körper mit rasendem Verlangen. Sie wand und bog sich unter ihm, wie in einem Rausch bezwingender Gier, primitiven Begehrens. Wieder und wieder drang er tief in sie ein, und sie konnte nicht genug bekommen. Sie schluchzte und wimmerte und flehte . . . und wußte nicht, welche Worte sie sprach.

Irgend etwas Machtvolles und Überwältigendes begann in ihr Form anzunehmen und immer größer und stärker zu werden. Sie war sicher, von den Flammen verzehrt zu werden . . . in den Wogen der Verzückung unterzugehen. Sie hörte Schreie und fragte sich benommen, von welchen

Tieren sie stammen könnten. Und dann erloschen alle Geräusche, versank alles um sie herum. Alles bis auf das Feuer . . . die Ekstase . . . und Wesley.

Sein Gewicht lastete schwer auf ihrem Körper, aber sie war zu erschöpft, um zu protestieren. Zu betäubt. Niemals hatte sie geahnt, daß solche Empfindungen in ihr lebten. Aus welchen Tiefen mochten sie zum Vorschein gekommen sein?

In der Vergangenheit hatte sie sich nur schwer damit abfinden können, wie spielend es Wesley immer gelungen war, hemmungslose sinnliche Reaktionen in ihr hervorzurufen. Aber in dieser Nacht – das war etwas anderes gewesen. Etwas Rohes und Primitives hatte in der Art gelegen, wie sie sich verhalten hatte. Und im Grunde war ihr Verhalten ebenso erschreckend wie seines.

Er rollte sich auf die Seite und stützte sich mit dem Ellbogen auf. »Anna . . .«

Sie setzte sich abrupt auf und zog die Reste ihres Nachthemdes über ihrer Brust zusammen. »Ich muß nach Hause. Papa könnte aufgewacht sein.«

Er berührte ihren Arm. »Bist du in Ordnung?«

»Falls er wach ist, weiß ich nicht, was ich ihm sagen soll. Ich – ich denke, mir wird etwas einfallen. Ich habe gelernt, gut zu lügen.«

»Laß mich dich heimtragen. Du könntest dir die Füße verletzen.«

Ihr Lachen klang hohl. »Es ist etwas zu spät, um sich Gedanken um meine Füße zu machen . . . oder etwas anderes. Findest du nicht?«

»Anna . . .«

Als sie aufstand, spürte sie einen feinen Nebel auf ihrem Gesicht. Seltsam. Erst jetzt fiel ihr auf, wie kühl die Luft war und daß es in wenigen Minuten zu regnen beginnen würde.

um ihm zu helfen. Dann erfuhren wir, daß die Zeltstadt bis auf den Boden abgebrannt ist.«

»Sie benutzte meine Wundermedizin, um das Feuer in Gang zu setzen«, warf Phineas stolz ein. »Sie haben sicher schon davon gehört, Sir?«

Patrick wandte den Blick nicht von Henrietta. »Haben Sie sonst noch etwas über Brianne gehört?«

»Anscheinend hat sie Mr. Lassiter gerettet und ist dann verschwunden. Alle behaupten, daß dieser Dan Cummings hinter ihr her ist.«

Mehr brauchte er nicht zu wissen. »Mrs. Potter, können Sie mir ein paar Lebensmittel einpacken?«

»Nicht nötig«, protestierte Phineas. »Wir haben reichlich Vorräte im Wagen.«

»Gut, dann nehme ich mir von dort, was ich brauchen kann.« Patrick lief aus dem Hotel, löste seine Satteltasche und ging zu Phineas' Wagen. Als Henrietta, Phineas und Kam zu ihm traten, stöberte er bereits in ihren Vorräten, suchte sich aus, was er brauchte und verstaute es in seiner Satteltasche.

Phineas' Gesicht legte sich in Falten und nahm einen besorgten Ausdruck an. »Mein lieber Junge, das ist doch überflüssig. Wir werden doch zusammenbleiben.«

»Ich reite allein«, erwiderte Patrick kurz und klappte seine Satteltasche zu. Er konnte seine Ungeduld kaum noch zügeln. Verdammt, die Fährte war schon drei Tage alt!

Henrietta warf sich in die Brust. »Mr. Delaney, wir alle schulden Brianne sehr viel. Sie hat praktisch jedem von uns das Leben gerettet. Und jetzt wollen wir dasselbe für sie tun. Wir machen uns große Sorgen um Ihre Schwester. Und zu viert sehen wir sicher mehr als einer allein.«

Patrick gelang es nur mit Mühe, die bissige Bemerkung zu unterdrücken, die ihm auf der Zunge lag. Er warf die Satteltasche über Stormys Rücken und schnürte sie fest. »Sehen Sie, ich werde sehr schnell reiten. Sie und dieses

Ding da« – er deutete mit dem Daumen auf den Wagen – »werden mich nur aufhalten. Wenn Sie wirklich Briannes Freunde sind, bleiben Sie hier.«

Er schwang sich in den Sattel und galoppierte aus der Stadt, ohne auf die Protestrufe hinter seinem Rücken zu achten.

# 5

Brianne erwachte, als warmes Sonnenlicht auf ihr Gesicht fiel. Sloan lag hinter ihr. Während der Nacht hatte sie sich an ihn gekuschelt, in der Hoffnung, ihn warm zu halten. Alle paar Stunden war sie aufgestanden, um zu überprüfen, ob Eindringlinge den Weg in den Canyon gefunden hatten.

Sie hatte nicht beabsichtigt, einzuschlafen. Während sie sich in der Höhle auf ihrem Lager von Piniennadeln und Blättern ausstreckte, fiel ihr ein, daß sie in der Nacht an Patrick, Malvina und Shamus gedacht hatte – und an das Bett in ihrem Schlafzimmer auf Killara. Es war aus massivem Rosenholz und von moosgrünen Samtvorhängen umwogt.

Gegen Morgen mußte sie in Schlaf gesunken sein. Aber ganz gleich, wie dringend sie diese Erholung gebraucht hatte, sie hätte sich von ihrer Erschöpfung nicht so überwältigen lassen dürfen, warf sie sich jetzt vor.

Von der Wiese unten hörte sie das Wiehern ihrer Pferde.

Ein Vogel zwitscherte und hob sich in die Lüfte.

Ein Stein rollte den Abhang hinunter. Alle ihre Sinne waren schlagartig wach.

Sorgsam darauf bedacht, sich nicht zu rühren, öffnete Brianne ihre Augen zu einem schmalen Schlitz. Ein Mann mit gezogenem Revolver kletterte den Pfad hinauf, der zur Höhle führte. Er war noch etwa zehn Meter entfernt, und er hatte noch nicht bemerkt, daß sie wach war.

Durch ihre langen Wimpern hindurch flog ihr Blick zu ihrem Revolvergurt, der ungefähr einen Meter hinter ihr lag. Es gab keine Möglichkeit, an ihn heranzukommen. Und es war genauso unmöglich, Sloan zu wecken, ohne den Mann, der immer näher kam, zu warnen.

Ihre Reaktion erfolgte im Bruchteil einer Sekunde. Sie rollte sich herum, schnappte sich den Revolver und drückte ab – alles in einer einzigen geschmeidigen Bewegung. Der Mann stieß einen Schrei aus und stürzte.

»Was zum Teufel –!« Sloan wurde wach und versuchte sich aufzusetzen.

Im selben Moment ging ein Hagel von Revolver- und Gewehrschüssen auf sie nieder.

Sie saßen in der Falle.

Brianne griff nach ihrem Gewehr und schob sich neben Sloan. Die Körper so flach wie möglich an den Boden gepreßt, rutschten sie auf die Felsbrocken zu, die nicht nur den Weg zu ihrer Rechten, sondern auch einen Teil der Höhle versperrten.

Sloans Mund verhärtete sich zu einer schmalen Linie, während er sich bemühte, seinen Körper über den Boden zu ziehen. Schweißperlen rannen über sein Gesicht. Jeden Zentimeter gewonnenen Bodens mußte er mit unerträglichen Schmerzen bezahlen.

Brianne wünschte sich nichts dringender, als ihm zu helfen, aber sie trug die Verantwortung für die Waffen und mußte sich damit zufriedengeben, dicht an seiner Seite zu bleiben und ihm von Zeit zu Zeit einen angstvollen Blick zuzuwerfen, während sie ihren qualvollen Weg zu den Felsen zurücklegten. Alle Farbe war aus seinem Gesicht gewichen, und der Schmerz hatte es zu einer Maske verzerrt, die sie in den letzten Tagen nur allzu oft an ihm beobachtet hatte.

Endlich hatten sie den Schutz der Felsen erreicht. Sloans Brust hob und senkte sich mühsam bei der Anstrengung, Luft in seine ausgepumpten Lungen einzuatmen. Für den Bruchteil einer Sekunde begegnete er Briannes Blick. Er sah die Angst in ihren Augen und verfluchte sich innerlich. Sie hatte ihr Leben aufs Spiel gesetzt, um ihn zu retten, und nur seinetwegen befand sie sich jetzt in größter Gefahr. Und er konnte ihr nicht einmal Trost bieten, weil sie beide wußten, daß aus dieser Falle kein Weg herausführte.

Eine Kugel schlug in den Felsen ein; eine andere traf den Hintergrund der Höhle.

Zumindest für den Moment waren seine Kräfte restlos erschöpft, und er konnte ihr nicht helfen. Er fühlte sich so gottverdammt nutzlos. Er lehnte Kopf und Schultern an den Felsblock und streckte die Beine aus. Als sie die Munition ihres Gewehrs überprüfte, fragte er: »Hast du eine Ahnung, wie viele von denen da unten sind?«

Sie schüttelte den Kopf. »Ich habe nur den einen gesehen, der den Pfad heraufkam.« Sie sah an Sloan vorbei, zu dem Felssims, wo der Mann regungslos in einer Lache von Blut lag. »Er ist tot.« Leichte Übelkeit stieg in ihr auf. »Ich habe noch nie einen Menschen getötet.«

Er berührte kurz ihren Arm. »Du hast getan, was du tun mußtest. Und du hast uns das Leben gerettet.«

*Aber wie lange werden wir durchhalten?* Sie sparte sich den Atem und sprach die Frage nicht aus. Unablässig gellten Schüsse durch die Luft, und es war kaum möglich, zu verstehen, was der andere sagte.

»Ich muß zurück in die Höhle und deine Waffen und den Rest unserer Munition holen.«

»Hast du den Verstand verloren?« fuhr er sie an. »Bleib, wo du bist, um Himmels willen!« Aber sie kroch bereits über den Boden der Höhle zurück. Er war zu erledigt, um sie festzuhalten oder ihr zumindest Feuerschutz zu geben. O Gott, er haßte es, so schwach und hilflos zu sein, völlig außerstande, ihr irgendwie zu helfen.

Brianne warf sich die Satteltasche mit der Munition über den Arm und griff nach Sloans Revolver und Gewehr. Während sie sich in den Schutz der Felsen am Eingang der Höhle zurückzog, suchte ihr Blick aufmerksam den Canyon ab. Die Schüsse kamen aus verschiedenen Richtungen, und sie schätzte, daß fünf Männer da unten sein mußten. Mit ihrer begrenzten Munition mußte sie darauf achten, daß jeder Schuß saß.

Sie schob sich neben Sloan und zwang sich zu einem Lächeln. »Zwei gegen fünf, würde ich sagen. Nicht gerade fair, was? Schließlich ist auf unserer Seite eine Delaney.«

Sloan starrte sie halb verwundert, halb zornig an. Sie waren zahlenmäßig unterlegen, saßen mit dem Rücken an der Wand, und eine Woge von Mitleid, gemischt mit Bewunderung, überflutete ihn. Wie ein Kind, das von einem furchtbaren Alptraum gequält wurde, kämpfte sie trotzig und herausfordernd gegen ihre Furcht an.

Die Höhle wurde von Geschossen zernagt. Die Männer, die unten lauerten, ließen einen wahren Kugelhagel über sie niedergehen, und die letzten zehn Minuten hatte Brianne alle Hände voll zu tun, das Feuer zu erwidern. Manchmal schaffte Sloan es, seine verbliebene Kraft zu sammeln, sich aufzurichten und einen Schuß abzugeben. Es reichte aus, um ihre Gegner daran zu erinnern, daß hier oben zwei waren, mit denen sie fertig werden mußten.

Brianne hielt kurz inne, um sich den Schweiß von der Stirn zu wischen. Bildete sie es sich nur ein, oder schien die Sonne heute heißer vom Himmel als gestern? Sie griff nach einer der Feldflaschen, schraubte den Verschluß ab und nahm einen Schluck. Keinen halben Meter von ihr entfernt prallte eine Kugel in den Boden und wirbelte Staub und Sand auf. Sie tippte Sloan auf die Schulter und reichte ihm die Flasche.

»Wieviel Wasser haben wir noch?« rief er ihr über das Gewehrfeuer hinweg zu.

»Diese Flasche und die andere, die noch etwa halb voll ist.«

Sein Mund verhärtete sich bei ihrer Antwort, aber er nahm einen kleinen Schluck Wasser. Es war die heißeste Zeit des Tages, und es würde ihnen nichts nützen, wenn sie halb verdursteten. Er beobachtete, wie Brianne einen sorgfältig gezielten Schuß abfeuerte. »Um Himmels willen, gib ihnen bloß kein so gutes Ziel!«

Sie nickte und legte das Gewehr erneut an.

Er blinzelte mit zusammengezogenen Augen in die grelle Sonne. Zur Hölle mit Wes McCords schwarzer Seele! Nur durch Wes' Schuld kochte er zum zweitenmal in seinem Leben unter einer unbarmherzigen Sonne und befand sich in einer aussichtslosen Situation, die vermutlich mit seinem Tod enden würde. Das erste Mal war David gestorben. Diesmal würde er es sein . . . und Brianne. O mein Gott . . .

Der Beschuß wurde heftiger, ganz wie am Anfang ihrer Attacke. Was hatten sie vor? Plötzlich fing Sloan aus dem Augenwinkel eine Bewegung auf. Ein Mann kletterte über die Felsblöcke, die den Pfad zur Höhle säumten. Brianne, die hinter einem Felsen kauerte und auf die Wiese feuerte, saß mit dem Rücken zu dem Mann!

Sloan riß seinen Revolver hoch und feuerte. Die Kugel traf den Mann genau zwischen den Augen.

Brianne wirbelte sofort herum und entdeckte, was geschehen war. Sie machte einen Satz, um sich den Revolver des Toten zu schnappen, aber der Mann glitt auf der anderen Seite der Felsen hinunter, und sie konnte seine

Waffe nicht in ihren Besitz bringen, ohne sich den Schüssen von unten auszusetzen.

Brianne sank erschüttert neben Sloan zusammen. »Das war knapp – zu knapp.«

Er nickte. »Sie haben ihm die letzten zehn Minuten Feuerschutz gegeben und uns so lange in Atem gehalten, bis er hier heraufklettern konnte. Wir müssen vorsichtiger sein.«

Furcht breitete sich in ihr aus, und das Blut in ihren Adern schien nicht mehr zu fließen, aber was sie überhaupt nicht ertragen konnte, war zu sehen, daß Sloan genauso verzweifelt war. »Es sind nur noch vier von ihnen übrig.«

*Nur noch vier.* Brianne schloß einen kurzen Moment lang die Augen, riß sie aber sofort wieder auf. Sie konnte es sich nicht leisten, so verängstigt zu sein. Aber was sollte sie dagegen tun?

Ihr ganzes Leben lang hatte sie sich für mutig gehalten, aber jetzt wußte sie, daß ihr sogenannter Mut nur gespielt gewesen war. Bis heute war sie nie in die Situation gekommen, ihn einem solchen Härtetest zu unterwerfen.

»Lieber Gott, ich will nicht sterben«, wisperte sie mehr zu sich selbst. »Ich wußte nicht, daß ich so ein Feigling bin!«

Sloan warf ihr einen schnellen Blick zu. »Du bist kein Feigling, Brianne.«

Ihre Hände krampften sich um ihr Gewehr. »Das habe ich auch immer gedacht, aber jetzt bin ich nicht mehr sicher. Es gibt so viele Dinge, die ich noch tun wollte, so viele Orte, die ich sehen wollte.«

Ein jäher Schmerz durchzuckte Sloan. Sie sagte, sie hätte Angst, erkannte aber nicht, daß allein das Eingeständnis dieser Angst einen Beweis ungeheurer Tapferkeit darstellte. »Brianne, du bist kein –«

»Nein«, unterbrach sie ihn. »Tut mir leid . . . Ich benehme mich albern, ich weiß.« Einen flüchtigen Moment lang waren die Träume, die sie von ihrem Leben gehabt hatte, an ihrem geistigen Auge vorbeigezogen. Sie war immer überzeugt gewesen, daß Abenteuer, Liebe, Heirat, ja, selbst Kinder, nur auf sie warteten. Die Frage, *ob* diese Dinge alle eintreffen würden, hatte sich ihr nie gestellt; nur um das *Wann* war es gegangen. Und jetzt drohten all die ungeahnten Möglichkeiten, die ihr das Leben zu bieten hatte, von den Männern unten im Canyon ausgelöscht zu werden.

Sie atmete tief durch und zwang sich zu einem Lächeln. »Aber in einem Punkt kannst du verdammt sicher sein: Wenn wir je wieder hier herauskommen, werde ich nie mehr etwas als selbstverständlich ansehen.«

Sie kämpfte gegen die würgende Angst, die ihr in die Kehle gestiegen war, an, stützte sich auf ein Knie und feuerte.

»Ich bin verletzt!« schrie Red auf und umklammerte mit einem Stöhnen seinen rechten Arm.

Dan Cummings kroch zu ihm, um einen Blick auf die Wunde zu werfen, und sah sofort, daß der Knochen zerschmettert war. Die beiden dort oben auf dem Felssims schossen mit gefährlicher und nervenzerfetzender Zielsicherheit. Wenn man dumm genug war, ihnen ein Ziel zu bieten, trafen sie auch. »Du bist raus aus der Sache«, sagte er angewidert. »Mach dir einen Verband und halte dich am Boden.«

»Zum Teufel, nein! Ich brauche einen Arzt.«

»Wir bringen dich zum Arzt, wenn wir mit den beiden fertig sind.« Cummings deutete mit dem Kopf auf die Höhle.

»Das kann noch Tage dauern, und so lange will ich nicht warten. Bis dahin hat mich das Blei in der Kugel längst erledigt. Ich hab' erlebt, wie Wundbrand aussieht, und ich bin nicht scharf drauf, selber dran zu krepieren. Ich reite in die Stadt zurück.« Hinter einem riesigen Felsblock waren die Pferde angebunden. Red rappelte sich hoch und rannte auf sie zu.

Dan wartete, bis er den Schutz des Felsens erreicht hatte. Ein träges Lächeln verzog seine Lippen. »Red?« rief er leise.

Der Mann wandte sich um.

»Keiner haut ab.«

Dans Kugel traf Red mitten ins Herz.

Ohne einen Blick zurückzuwerfen, schob Dan sich zu Collins und Becker zurück. Beide hatten mitangesehen, was passiert war.

Collins verriet kein Anzeichen von Schock. Die dreißig Jahre seines Lebens hatte er alle im Westen verbracht, und er hatte schon früh gelernt, daß der Mensch von allen Lebewesen das grausamste war. Aber ihm hätte genau dasselbe wie Red passieren können. Er rieb sich über die rauhen Bartstoppeln an seinem Kinn. »Das war nicht nötig, finde ich.«

Dans Augen bohrten sich wie kalter Stahl in ihn. »Wir können es uns nicht leisten, daß irgend jemand erfährt, was hier draußen vorgeht.«

»Die Sache gefällt mir nicht«, meinte Becker. »Heute morgen hat es Thompson erwischt. Wills war vor ein paar Stunden dran. Und jetzt, ohne Red, sind wir nur noch zu dritt. Die beiden da oben sind verdammt gut.«

Dans Lippen wurden schmal. »Sie haben gute Deckung in ihrer Höhle, aber wir sind im Vorteil. Wir dürfen bloß kein Risiko mehr eingehen, das ist alles. Von den Felsen kommen sie nicht mehr runter, und früher oder später wird ihnen die Munition ausgehen. Wir müssen nur abwarten.«

Becker nickte. »Und oft genug schießen, um sie festzunageln?«

»Genau. Und möglichst viel Gegenfeuer aus ihnen herauskitzeln. Wir halten abwechselnd Wache. Sie werden vor uns müde werden.«

»Und sich ergeben, meinst du?«

»Vielleicht.« Um Dans Mund spielte dasselbe unangenehme Lächeln, das er gezeigt hatte, als seine Kugel sich in Red bohrte. »Aber darauf kommt es nicht mehr an.«

Patrick ritt zum zweiten Mal in weitem Bogen um die Zeltstadt herum und schlug dann den Weg Richtung Westen ein. Eine so alte Fährte konnte normalerweise nur schwer wieder aufgenommen werden, zumal sie von Brianne stammte. Aber die sechs Männer, die sie verfolgten, hatten sich nicht die Mühe gemacht, ihre Spuren zu verwischen. Allerdings war er an ihnen nicht interessiert, nur an seiner Schwester.

Sie war seine Zwillingsschwester, die andere Hälfte seiner selbst. Sie war immer für ihn da gewesen, wenn er sie gebraucht hatte, hatte ihn getröstet und mit ihm gelacht.

Er kannte sie fast ebensogut wie sich selbst. Von kleinauf an waren sie unzertrennliche Gefährten gewesen, hatten zusammen gelernt und gespielt. Und eins ihrer Lieblingsspiele war Spurenlesen gewesen. Sie hatte sich versteckt, er hatte sie aufgestöbert, dann umgekehrt.

Sie schwebte in schrecklicher Gefahr. Er spürte es mit jeder Faser seines Körpers, genau wie damals vor langer Zeit, als er die Bedrohung gewittert und sie entdeckt hatte, wie sie einem verwundeten Wolf aus der Falle helfen wollte. Patricks Eintreffen hatte den Angriff des Tiers beschleunigt, aber im nächsten Moment wäre er mit Sicherheit ohnehin über seine Schwester hergefallen.

Damals hatte er ihr helfen können. Er betete, daß es ihm auch heute gelingen würde. Wenn es einen Menschen auf der Welt gab, der sie finden konnte, dann er. Er hoffte nur, er würde noch rechtzeitig kommen.

Zwei Stunden lang ritt Patrick nach Westen, eher seinem Instinkt als den verdammt kärglichen Anzeichen folgend, die sie hinterlassen hatte. Nur selten fielen ihm mehrere abgebrochene Zweige, halb verwischte Hufabdrücke oder winzige Stoffstücke auf, die ihm verrieten, daß er sich in der richtigen Richtung bewegte.

Als er den Blick zum Himmel hob, stellte er fest, daß von Westen düstere Wolkenmassen heranzogen. Heute nacht würde es ein Unwetter geben, und das bedeutete, daß er seine Suche früher als geplant aufgeben mußte. Er zügelte Stormy, wandte sich im Sattel um und musterte den Horizont im Osten. Irgend etwas beunruhigte ihn. Irgend etwas stimmte nicht.

Grelles Mündungsfeuer zerriß die Nacht, als ein Schuß ertönte.

Ein zweiter Schuß folgte. Die Kugel schlug auf dem Felsen neben Sloan auf und ließ einen Wirbel von Steinbrocken durch die Luft fliegen.

Brianne erwiderte das Feuer und duckte sich sofort wieder.

»Sie spielen Katz und Maus mit uns«, stellte Sloan fest. »Sie schießen nur soviel, um uns hier oben festzuhalten.«

»Wir können von hier nicht weg.«

Der Mond war von dichten Wolken verhangen, und Brianne kauerte im Schatten des Felsens. Er konnte ihr Gesicht kaum erkennen, aber er hörte die Erschöpfung in ihrer Stimme. Jähe Wut brandete in ihm auf und trieb ihn zum Handeln. Blitzschnell rollte er sich hinter dem Felsen hervor, zielte auf den Punkt, wo das letzte Mündungsfeuer aufgeblitzt war und feuerte. Als er wieder Deckung bezogen hatte, bereute er seine überstürzte Aktion von ganzem Herzen. Sie hatte ihn viel zuviel Kraft gekostet.

»Das ist so verdammt sinnlos.« Seine Stimme klang schroff und gequält. »Falls sie nicht aufschreien, können wir einfach nicht erraten, ob wir einen erwischt haben.«

»Andererseits wissen sie auch nicht, ob sie uns getroffen haben.«

Er wandte den Kopf zu ihr. »Ich schätze, du hast recht.«

Jeder Muskel in Briannes Körper bebte vor Anspannung und Müdigkeit. Es schien, als wäre ihr Tod unausweichlich – entweder würde eine Kugel sie treffen, oder sie würden vor Hunger und Durst sterben. Aber obwohl sie halb verrückt war vor Angst, jagte ihr der Gedanke, sich zu ergeben, kalte Schauer über den Rücken.

»Wie sieht es mit unserer Munition aus?« fragte Sloan.

»Nicht gut.«

Wiederum ging sie alle Möglichkeiten durch, die ihnen geblieben waren, aber sie mußte sich eingestehen, daß es praktisch keine mehr gab. »Bleibt nur noch unser Freund da unten auf dem Weg. Der Mann, den ich heute morgen erschossen habe. Es ist dunkel. Ich könnte hinunterkriechen und seinen Revolver und die Munition holen.«

»Sei nicht so verdammt dumm!«

Sie sah ihn überrascht an.

»Tut mir leid, ich hab's nicht so gemeint.« Er klang müde. »Ich fühle mich nur so . . . Du kannst nicht da runter. Es ist zu riskant.«

»Sloan, unsere Situation kann kaum noch schlimmer werden, als sie bereits ist.«

»Die Munition würde uns auch kaum etwas nützen.«

»Sie würde uns helfen, etwas länger am Leben zu bleiben. Wenn es nur eine Möglichkeit gäbe, so lange durchzuhalten, bis meine Onkel aus Killara kommen!«

»Und was bringt dich auf die Idee, daß sie uns hier finden, selbst wenn sie kommen? Vergiß es. Uns bleibt nicht mal mehr ein Tag Zeit, um uns etwas auszudenken.«

Dicht zu ihrer Linken schlug eine Kugel ein, und Sand spritzte auf. Sloan spürte, wie Brianne zusammenzuckte und fluchte. Die Männer dort unten schossen völlig ziellos, so daß er und Brianne unmöglich erraten konnten, wohin der nächste Schuß gehen würde. Auf diese Weise sorgten Cummings und seine Leute dafür, daß sie hier festgenagelt blieben, und sagten ihnen auch ohne Worte, daß jeder Versuch, die Deckung der Felsen zu verlassen, einem Selbstmord gleichkäme.

Eine Kugel prallte an der Vorderseite der Felsen ab, hinter denen sie sich verborgen hielten. Brianne richtete sich kurz auf und feuerte, um den Männern im Canyon zumindest durch den Klang ihrer Winchester '73 anzuzeigen, daß sie noch sehr lebendig waren. Cummings hatte hinter einer Felsgruppe ein Lagerfeuer aufgebaut, und obwohl Brianne nur einen schwachen Lichtschein wahrnehmen konnte, benutzte sie ihn als Ziel. »Zur Hölle mit ihnen! Wahrscheinlich trinken sie gerade heißen Kaffee und essen Bohnen.« Brianne ließ sich zurücksinken und fuhr mit den Fingern durch ihr Haar. »Was machen wir nun? Fällt dir etwas ein?«

Sloan versuchte, die Achseln zu zucken, und verkrampfte sich, als jäher Schmerz durch seinen Körper schoß. »Wie zum Teufel soll ich etwas wissen? Ich kann ja nicht einmal –« Seine Worte brachen unvermittelt ab. Plötzlich wußte er ganz genau, was sie tun mußten.

Die Sonne war gerade über dem Gipfel des Plateaus erschienen, als Collins sich hinter die Felsen schob und seinen Boß ansprach. »Seit einer Weile erwidern sie unser Feuer nicht mehr. Ob wir sie in der Nacht erwischt haben?«

Dan Cummings nahm einen Schluck Kaffee aus seinem Becher. »Möglich. Wir haben ziemlich regelmäßig Schüsse abgefeuert.«

»Schlafen werden sie bestimmt nicht«, warf Becker ein. »Nicht bei der dauernden Knallerei.« Er verzog angewidert das Gesicht. »Ich hab' selbst kein Auge zugetan.«

»Wir sind alle müde«, fuhr Dan ihn an. Sein Blick heftete sich auf die Höhle. Nichts rührte sich. »Feuer ein paarmal rein, Becker. Mal sehen, ob wir die beiden aufrütteln können.«

Becker gehorchte, und ein paar Sekunden lang klang es, als ob der Canyon explodierte.

Stille.

Dan wandte den Kopf und spuckte aus. »Verdammt . . .« Er überlegte kurz, drehte sich dann zu Becker und Collins um. »Ihr zwei geht da rauf und seht nach, was los ist.«

»Bist du verrückt geworden?«

»Hast du Wills und Thompson vergessen? Genau in solch einer Situation hat es die beiden erwischt.«

Dans Revolver war plötzlich auf sie gerichtet. »Habt ihr vergessen, wie Red gestorben ist?«

Becker und Collins wechselten einen Blick. Wenn sie den Aufstieg zur Höhle wagten, hatten sie zumindest eine Chance, zu überleben, hier unten nicht. Sie würden Dans Befehl ausführen, und sie wußten es.

Dicht an den Boden gekauert, schoben sie sich Meter für Meter vorwärts und nutzten alles, was sich ihnen als Deckung bot – ein ausgewaschenes Flußbett, Gestrüpp und Felsen – bis sie den schmalen Felssims erreicht hatten, der sich bis zum Eingang der Höhle hinaufwand. Vorsichtig folgten sie dem steilen Pfad bis zu der Stelle, wo Thompsons Leiche lag, die Augen blicklos auf den Himmel gerichtet. Aber jetzt war nicht der richtige Zeitpunkt, um Mitgefühl zu entwickeln, selbst wenn ihnen danach zumute gewesen wäre. Sie stiegen über ihn hinüber und spähten in die Höhle. An der hinteren Wand hatte jemand eine Art Bett aufgebaut. Zwei Menschen lagen darin.

Beide Männer eröffneten augenblicklich das Feuer und verschossen ihre ganze Munition auf die beiden reglosen Gestalten unter der Decke.

Sie hatten sie erwischt!

Unten im Canyon trat ein triumphierendes Grinsen auf Dan Cummings' Gesicht. Das Geschäftsbuch steckte sicher in einer der Satteltaschen. Wes McCord würde sich fühlen, als hätte er den Mond mit einem Lasso eingefangen! Na gut, der Hundesohn sollte sich ruhig eine Weile freuen, dachte Dan, und sein zuerst triumphierender Gesichtsausdruck nahm boshafte Züge an. Auf McCord wartete eine kleine Überraschung.

*Das kalte Metall eines Revolverlaufs drückte sich in Dans Nacken.*

*Das Klicken der Trommel dröhnte wie ein Donnerschlag ins einen Ohren.*

»Den Revolver runter – ganz langsam und ruhig«, befahl Brianne.

Wut, nicht Angst, ließ Dan erstarren. Verdammt! Wie zum Teufel hatte das passieren können? Er war so sicher gewesen, die beiden endgültig erledigt zu haben. Der schmerzhafte Druck der Revolvermündung zwang ihn, seine Waffe beiseite zu werfen. Zumindest im Augenblick hatte er keine andere Wahl.

»Gut. Jetzt rufen Sie Ihre Männer. Sie sollen herunterkommen, unbewaffnet, die Hände in der Luft.«

Dan zögerte, und Brianne richtete die Mündung seines Revolvers auf ihn. *»Los!«*

»Becker, Collins!«

Die beiden Männer wandten sich um. Als erstes sahen sie Brianne Delaney, die Cummings mit einem Revolver in Schach hielt. Als zweites Sloan Lassiter, den Rücken an einen Felsen gelehnt. Sein Gesicht war schmerzverzerrt, aber die Hand, die ein Gewehr direkt auf sie richtete, war tödlich ruhig.

»Laßt die Revolver fallen«, rief Cummings ihnen zu.

Er brauchte seinen Befehl kein zweites Mal zu äußern. Ohne zu zögern befolgten sie ihn und stiegen den Pfad wieder hinunter.

Sowie Patrick den schmalen Durchgang hinter sich gelassen hatte, hieb er die Fersen in Stormys Flanken und stob mit gezogenem Revolver in den Canyon hinein.

Brianne starrte ihn ungläubig an. »Patrick! Mein Gott, *Patrick.*«

Er zügelte Stormy abrupt und sprang aus dem Sattel. Ohne den Revolver aus der Hand zu nehmen, trat er zu seiner Schwester. »Ich sehe, ihr habt es irgendwie geschafft, Ärger zu bekommen«, bemerkte er mit gedehnter Stimme. Sein Blick wanderte über die Wiese, und er schätzte die Situation rasch ab. Seine Erleichterung, Brianne lebendig wiederzusehen, wurde durch seine Wachsamkeit leicht gedämpft. Aber sie und Lassiter schienen alles im Griff zu haben. »Was hatte diese Schießerei zu bedeuten, die ich gehört habe?«

Sie wies mit einer Kopfbewegung auf Becker und Collins, die mit erhobenen Händen näherkamen. »Sie glaubten, wir wären da oben in der Höhle. Himmel, Patrick, ich kann kaum glauben, daß du wirklich hier bist. Was ist dir passiert? Wie hast du mich gefunden?«

Patrick atmete erleichtert auf, weil sie offensichtlich in Ordnung war, und lachte über ihre aufgeregten Fragen. Gleichzeitig griff er nach seinem Lasso und begann Cummings' Hände hinter dem Rücken zusammenzubinden. »Der Tag ist noch nicht angebrochen, an dem ich dich nicht finden könnte, kleine Schwester. Gestern bin ich deiner Spur in Richtung Westen gefolgt. Dann kam ich plötzlich auf die Idee, die Richtung zu wechseln. Das Ganze sah mir nach einem Bluff aus, und ich wußte, daß es zu dir paßte, dich ganz in der Nähe des Feindes zu verstecken.«

»Onkel Dom hat uns diesen Trick beigebracht, weißt du noch?«

»Sicher weiß ich es noch. Ich hatte nur Angst, ich könnte zu spät kommen und du wärst nicht mehr am Leben.«

Ein kalter Schauer überlief sie. »Viel hat nicht gefehlt.«

Patrick stieß Cummings zu Boden. »Schön liegenbleiben.« Er wandte sich Lassiter zu, dessen Gewehr noch immer auf Becker und Collins zielte. »Sie sehen aus, als wären Sie von einem Pferd getreten worden.«

»Ich fühle mich weit mieser«, erwiderte Sloan trocken. Plötzlich gaben seine Beine unter ihm nach, und er rutschte den Felsen hinunter.

Brianne machte eine hastige Bewegung auf ihn zu.

»Nein.« Sloan richtete sich abrupt wieder auf. »Ich bin okay. Fesselt die anderen.«

Brianne biß sich auf die Lippen. »Ich wollte dir doch nur helfen, Sloan.«

»Ich bin kein Krüppel, verdammt.«

Patricks Augenbrauen hoben sich während dieses kurzen Wortwechsels. Offensichtlich hatte sich in seiner Abwesenheit etwas zwischen seiner Schwester und Sloan Lassiter angebahnt. Ohne sich dazu zu äußern, machte er sich daran, die beiden anderen Männer zu fesseln. Er sah kurz zu Brianne, deren besorgter Blick noch immer an Sloan hing. »Was ist mit dem Rest? Ich habe die Fährte von sechs Männern aufgenommen, die hinter euch her waren.«

Ihr Gesicht verdüsterte sich. »Es waren auch sechs Männer. Jetzt sind es nur noch drei. Einen habe ich –« Sie brach ab.

Eine Woge von Mitgefühl durchflutete Patrick. In Killara hatte Brianne schon sehr früh gelernt, daß der Tod immer gegenwärtig war. Sie hatte mit eigenen Augen Gewalt gesehen, und sie hatte Menschen, die ihr nahestanden, verloren. Aber noch nie hatte sie selbst einen Menschen getötet. Er spürte nicht nur ihre Qual, er erkannte auch, daß sie sich nur noch mit letzter Kraft beherrschte. Augenscheinlich hatte sie Furchtbares durchgemacht. Er hätte sie gern getröstet, aber der Schutzschild, den sie um sich aufgebaut hatte, war sehr zerbrechlich, und er wußte, daß er behutsam mit ihr umgehen mußte, um ihn nicht zu zerstören.

Er schnitt ein Gesicht und sagte mit gespielter Leichtigkeit: »Himmel, Bri, du hättest mir auch ruhig noch etwas überlassen können.«

Wie er gehofft hatte, löste sich ihre Spannung, und sie lächelte schwach. »Tut mir leid. Ich hatte nicht mit deinem Kommen gerechnet, und wir mußten etwas unternehmen. Deshalb sind wir in der Nacht hier heruntergekrochen –«

»Gekrochen?«

»Wir schafften es, bis in ein trockenes Flußbett hinter ihrem Lager zu kommen und uns dort zu verstecken, bis Cummings seine beiden Männer zur Höhle hinaufschickte. Wir hatten unsere Satteltaschen und noch ein paar andere Sachen unter die Decke gestopft, damit es so aussah, als schliefen wir. Die beiden eröffneten das Feuer. Cummings war abgelenkt.« Sie machte eine müde Handbewegung. »Den Rest kennst du ja.«

Er zupfte liebevoll an einer ihrer Haarsträhnen und schalt sie zärtlich: »Du bist eine echte Plage. Malvina würde einen Anfall bekommen, wenn sie das wüßte. Vor allem,wenn sie dich sehen könnte. Du siehst nicht gerade ladylike aus.«

»Du hast es nötig, mir so etwas zu sagen. Mir scheint, du könntest ein Bad und frische Kleider auch ganz gut vertragen.« Sie schnupperte. »Und du riechst wie Stormy.«

»Ist das etwa der Dank, kleine Schwester? Gestern kam ich nach Chango, voller Vorfreude auf ein schönes, langes Bad. Aber als ich erfuhr, daß man dich seit Sonntag nicht mehr gesehen hatte, brachte ich dieses äußerste Opfer und machte mich auf die Suche nach dir. Übrigens, ich muß zugeben, daß du eure Spuren ganz schön gut verwischt hast.«

»Ich hab's versucht.« Sie schüttelte den Kopf. »Aber irgend etwas muß ich falsch gemacht haben, sonst hätte

Cummings uns nie entdeckt.« Plötzlich warf sie sich an seinen Hals und drückte ihn stürmisch an sich. »O Patrick, Gott sei Dank, daß du hier bist!« Einen langen, köstlichen Moment hielt sie ihn so eng umschlungen, als ob sie ihn nie wieder loslassen wollte. Dann lockerte sie ihren Griff und flüsterte ihm zu: »Kümmere dich um Sloan. Er will nicht, daß . . .« Ihre Stimme erstarb, und sie trat einen Schritt zurück, um über die Schulter einen besorgten Blick auf Sloan zu werfen. Ihre Angst, er könnte sie gehört haben, erwies sich als überflüssig. Überwältigt von Schmerzen und Erschöpfung, schenkte er ihnen keine Beachtung, und sein Gesicht war so aschfahl, daß sie fürchtete, er könnte jeden Moment das Bewußtsein verlieren. Sie zwang sich zu einem zittrigen Lächeln. »Ist es nicht wundervoll, daß Patrick hier ist, Sloan?«

»Wundervoll«, echote er mühsam.

Patrick schlenderte zu ihm. »Sie haben es verteufelt gut geschafft, sich um Brianne zu kümmern.« Er grinste. »War sie eine sehr große Belastung?«

»Ich war eine Belastung für sie«, gab Sloan voller Bitterkeit zurück.

Brianne machte impulsiv einen Schritt auf ihn zu. »Nein, das ist –«

»Quatsch«, unterbrach Patrick sie unbekümmert. »Sie brauchen sich keine Mühe zu geben, ihre Gefühle zu schonen. Brianne ist zäh wie eine Bergziege.« Er nahm Sloan das Gewehr aus der Hand und drückte ihn sanft an den Felsen. »Und eine grauenvolle Pflegerin. Ich staune, daß Sie das Ganze überlebt haben.« Er hockte sich neben Sloan, der am Felsen auf den Boden gesackt war. »Ich erinnere mich noch gut an die Zeit, als ich Keuchhusten hatte. Sie hätte mich fast umgebracht, und durch ihr ewiges Bemuttern hat sie mich an den Rand des Wahnsinns getrieben. Sie auch?«

Brianne blieb stehen und betrachtete die beiden Männer

mit einem Gemisch aus Erheiterung und Verdruß. Patrick hatte nie im Leben Keuchhusten gehabt.

»Sie war sehr – sehr gut zu mir«, sagte Sloan, ohne sie anzusehen.

Patrick nickte düster. »Das habe ich befürchtet. Dann ist sie am schlimmsten. Keine Angst, ich sorge schon dafür, daß wir Sie möglichst rasch in die Stadt zurückbringen.« Die beiden Männer tauschten ein unverkennbar männliches Grinsen aus.

In Sloans Lächeln schien unverhohlene Erleichterung zu liegen, fiel Brianne auf. In ihrer eigenen Erleichterung schwang ein seltsames Gefühl von Schmerz mit. Sie hatte gewollt, daß Patrick Sloan half, aber sie wollte selber nicht ausgeschlossen werden. Sloan war ihre Liebe, ihre Verantwortung, ihr krankes Kind, und jetzt wurde er ihr weggenommen. Und es war kaum zu übersehen, daß er es nicht anders haben wollte. Sie drehte sich abrupt um. »Ich hole die Pferde.«

# 6

Katy und Alice, zwei der Mädchen aus Lucky's Saloon, bogen um die Hausecke zum Hintereingang von Nilsens Kaufladen und blieben wie angewurzelt stehen. Anna hatte sich offensichtlich gerade übergeben. »Miß Nilsen, was ist denn los? Geht es Ihnen nicht gut?«

Anna lehnte sich schwach an die Hausmauer, zutiefst gedemütigt, daß man sie beobachtet hatte. »Nein, es ist nichts.« Heute morgen hatte die Übelkeit länger angehalten. Es war dumm von ihr gewesen, ins Geschäft hinunterzugehen und zu arbeiten. Ihrem Vater war aufgefallen, wie elend sie aussah, und den ganzen Morgen war er besorgt um sie herumgestrichen und hatte ihre Schuldgefühle noch verstärkt.

Ohne zu fragen, nahm Alice Anna das Taschentuch aus der Hand und befeuchtete es unter der Wasserpumpe. Sie kam zurück und reichte es Anna mit einer scheuen, etwas verlegenen Geste. »Waschen Sie sich Ihr Gesicht ab, dann fühlen Sie sich gleich besser.«

»Danke.« Das feuchte Tuch war kühl und erfrischend, und nachdem sie ihr Gesicht abgetupft hatte, fühlte Anna sich tatsächlich viel wohler. Sie richtete sich auf und sah die beiden Mädchen an. Sie waren jung und hübsch und wirkten seltsamerweise ein wenig naiv und treuherzig.

Sie betraten den Laden immer durch die Hintertür, um keine der anständigen Frauen der Stadt zu belästigen. Anna hatte sie insgeheim immer bedauert. Nun wurde ihr klar, daß die anständigen Frauen von Chango ebenso auf sie herabsehen würden wie auf diese Mädchen, sobald ihr Zustand sichtbar wurde. Eine fast überwältigende Verzweiflung stieg in ihr auf, und Tränen stürzten aus ihren Augen.

»Können wir Ihnen helfen, Miß Nilsen?« frage Alice teilnahmsvoll.

Anna riß sich hastig zusammen und wischte mit dem Handrücken die Tränen von ihren Wangen. »Nein, nein. Ich . . .« Sie schluckte mühsam. »Kommen Sie wegen der Parfüms und Bänder, die Sie bestellt haben?«

»Ja«, antwortete Alice, »aber ruhen Sie sich ruhig erst einen Moment aus, bis Sie wieder ein bißchen besser beisammen sind. Wir können warten, nicht, Katy?«

Katy nickte. »Miß Nilsen . . .« Sie zögerte. »Es geht uns natürlich nichts an, aber falls Sie in Schwierigkeiten sind –« Sie brach ab und fuhr dann fort: »Ich meine, vielleicht könnten wir Ihnen helfen. Sie waren immer so nett zu uns . . .«

»Was meinen Sie damit?«

»Na ja . . .« Katy verschlang nervös die Finger ineinander. »Ich hoffe, Sie nehmen es mir nicht übel, aber wenn Sie vielleicht in gewissen Umständen sind . . . dagegen könnte man etwas unternehmen.«

Annas Hände flogen an ihr Herz. O Gott, sie wußten es! Wie lange würde es dauern, bis alle es merkten?

Alice nickte lebhaft. »Es ist nicht gerade schön, sich um so was zu kümmern, aber wenn einem nichts anderes übrigbleibt, was soll man dann machen?«

»Ich habe gehört, daß manche Mädchen es mit einer Stricknadel versuchen«, warf Katy ein. Als sie sah, daß der letzte Rest Farbe aus Annas bereits blassem Gesicht wich, fügte sie hastig hinzu: »Aber es gibt auch andere Methoden.«

»Mit Gin funktioniert es am besten«, bestätigte Alice. »Man nennt ihn auch ›Mutters Ruin‹, wissen Sie.«

»Sie hat recht.« Katy nickte ernsthaft. »Sie brauchen sich nur in eine Wanne mit ganz heißem Wasser zu setzen und soviel wie möglich von dem Zeug in sich reinzukippen. Mit etwas Glück sorgt Mutter Natur für den Rest. Sie bekommen Bauchkrämpfe und schließlich einen Abgang.«

»Man kann natürlich auch ein starkes Abführmittel nehmen oder« – Alices Miene erhellte sich – »wir hatten doch einen verregneten Frühling! Ich wette, Sie könnten ein bißchen schwarzen Schimmel von Roggen finden und sich daraus einen Trank mixen.«

Anna hätte am liebsten beide Hände auf die Ohren gepreßt und lauthals geschrien. Sie wollte von alldem nichts hören! Sie wollte ja nicht einmal die Tatsache akzeptieren, daß sie schwanger war. Aber das Leben im Westen hatte sie gelehrt, wie unnachgiebig und hart die Natur war. Das Baby in ihr würde nicht einfach zu wachsen aufhören, nur weil sie sich diesem Problem nicht stellen wollte. »Ich – ich finde es sehr lieb von Ihnen, daß Sie mir helfen wollen, aber –«

»Keine Angst, Miß Nilsen, wir sagen es keinem weiter.«

Alices Lippen wurden schmal. »Wir wissen, wie die Leute in dieser Stadt sein können.«

Anna wandte sich hastig um. »Ich hole Ihre Bestellungen.« Sie ging in den Laden zurück. Ihre Gedanken überschlugen sich. Mädchen wie Katy und Alice hatten früh gelernt, daß das Leben nur wenig Alternativen bot, und Anna hatte dieselbe Erfahrung gemacht, seit Wesley ihr begegnet war.

Die Methoden, von denen sie ihr erzählt hatten, waren roh und grausam, aber blieb ihr denn eine andere Wahl? Wenn allgemein bekannt wurde, daß sie schwanger war, würde man sie wie eine Aussätzige behandeln, ja, es war sogar gut möglich, daß auch ihr Vater unter der Schande leiden würde. Sie würde bestimmt nicht mehr im Laden arbeiten können. Keine anständige Frau würde sich noch von ihr bedienen lassen. Und selbst wenn sie ihre Arbeit aufgab, bestand immer noch die Möglichkeit, daß die Bewohner von Chango das Geschäft ihres Vaters meiden würden. Wenn das geschah, würde er seinen Lebensunterhalt verlieren.

Aber mehr als alles andere würde ihn das Wissen zerstören, daß seine Tochter ein Kind von Wesley McCord erwartete.

Anna goß den letzten Kübel heißen Wassers in die Kupferwanne und richtete sich auf. Es hatte viel Zeit gekostet, all das Wasser zu erhitzen, aber endlich hatte sie es geschafft. Direkt neben der Wanne stand eine Flasche Gin auf dem Fußboden. Zum Glück war ihr Vater jeden Donnerstagabend bei der Chorprobe.

Sie war allein. Alles war bereit.

Nur sie selbst nicht.

Sie hatte den ganzen Tag darüber nachgedacht und schließlich erkannt, daß sie keine andere Wahl hatte. Sie verschränkte die Arme über ihrem schlanken nackten Körper und starrte auf das Wasser hinunter, einen letzten Augenblick das Gefühl ihrer Schwangerschaft auskostend. In ihr wuchs ein Kind, neues Leben, das Teil ihrer selbst war, und das alles erschien ihr wie ein Wunder.

Aber dieses Kind war auch ein Teil Wesley McCords. Er hatte keinen Gedanken daran verschwendet, daß für Anna die Tatsache, mit einem Mann, mit dem sie nicht durch den Bund der Ehe vereint war, das Bett zu teilen, gegen alle Grundsätze verstieß, an die sie glaubte. Er hatte sich nicht dafür interessiert, daß jede neue Lüge, die sie ihrem Vater auftischen mußte, eine Narbe in ihrem Herzen hinterließ.

Und es würde ihn auch nicht interessieren, daß sie sein Kind erwartete. Für einen Mann wie Wesley, der von seinem Begehren und seinem Wunsch nach Macht beherrscht wurde, konnte ein Kind nicht mehr als ein lästiger Störfaktor bedeuten. Er würde gewiß voll und ganz mit dem, was sie jetzt tun wollte, einverstanden sein.

Er war ein Mensch, der alles zerstörte, was ihm nahe kam.

Sie beugte sich vor und tauchte eine Hand in das Wasser. Es war so heiß, daß sie das Gefühl hatte, ihre Haut müßte verbrüht sein. Heftig zog sie ihre Hand zurück. Katy und Alice hatten gesagt, das Wasser müßte kochend heiß sein. Das war es.

Sie brauchte nur einen Fuß in die Wanne zu setzen und sich in das heiße Wasser gleiten zu lassen.

Den Gin trinken.

Und warten.

So einfach war alles.

»Lieber Gott, bitte hilf mir«, wisperte sie und sank neben der Wanne auf die Knie. »Ich habe solche Angst! Und ich bin so allein.«

Tränen liefen über ihr Gesicht. Sie konnte es nicht tun. Sie konnte ihr Baby nicht töten. Ihre Sünden waren groß und die Folgen dieser Sünden schwerwiegend. Aber warum sollte ein hilfloses, unschuldiges Kind, das noch nicht einmal geboren war, für ihre Sünden büßen?

Langsam stieg kalte Wut in ihr auf. Herr im Himmel, wie hatte sie überhaupt nur in Erwägung ziehen können, etwas so Grauenhaftes zu tun? In ihr bestand nicht der geringste Zweifel, daß Wesley sie zu einer Abtreibung drängen würde, aber wenn sie so etwas tat, war sie nicht besser als er. Auch sie würde zu einem zerstörerischen Menschen werden.

Ihre Hände ballten sich langsam zu Fäusten, und die Nägel bohrten sich in die Handflächen. Vielleicht würde auch sie eines Tages alles in ihrer Nähe zerstören, aber ihr Kind sollte nicht zu den Opfern zählen!

Freitagnachmittag stand Wes am Fenster seines Büros, wie erstarrt durch den Anblick, der sich ihm bot. Sloan Lassiter und Brianne Delaney ritten langsam auf ihren Pferden die Straße hinunter.

Sloans Hände umklammerten krampfhaft das Sattelhorn, und er saß tief vornübergebeugt. Blaue Flecken und tief eingegrabene Linien durchfurchten sein schmerzverzerrtes Gesicht. Und Brianne hatte nur noch wenig Ähnlichkeit mit dem strahlend schönen, lebhaften Mädchen, das er vor einer Woche in Annas Laden kennengelernt hatte. Jetzt war jede Linie ihres Körpers von Erschöpfung und Qual gekennzeichnet. Sie sah aus, als wäre sie durch die Hölle gegangen, und Wes wußte, daß dieser Eindruck nicht trog. Sie hatte einen Krieg hinter sich.

Das Problem bestand darin, daß sie es war, die diesen Krieg gewonnen hatte.

Cummings und zwei seiner Männer folgten Sloan und Brianne. Ihre Hände waren auf dem Rücken zusammengebunden.

Hinter ihnen allen ritt ein junger Mann mit kastanienbraunem Haar auf einem goldenen Palomino. Drei Pferde waren mit den Zügeln lose an dem Sattel des Palominos gebunden. Drei Männer hingen leblos quer über den Sätteln; Köpfe und Beine baumelten zu beiden Seiten ihrer Pferde nach unten.

Wes wandte sich ab.

Noch hatte Sloan nicht gewonnen.

Das Geschäftsbuch war der Schlüssel. Ohne dieses Buch hatte Sloan keinerlei Beweise gegen ihn in der Hand. Er war momentan ganz offensichtlich nicht in der Lage, es auf eine Konfrontation ankommen zu lassen, und das gab Wes Zeit genug, sich das Geschäftsbuch wieder zu beschaffen. Er würde Mahoney darauf ansetzen und ihm befehlen, sich in Sloans Zimmer zu schleichen, während er schlief.

Natürlich bestand die Möglichkeit, daß Brianne das Buch hatte, aber Wes bezweifelte es. Sloan würde dieses Buch nicht aus den Händen lassen, und Wes wußte es.

Er wußte es nur zu gut.

# 7

Sloan hob sein Glas mit Whiskey und betrachtete den Widerschein des Lampenlichts, das in der goldbraunen Flüssigkeit eingefangen zu sein schien. Behutsam schwenkte er das Glas hin und her und beobachtete den weichen, warmen Schimmer der Flamme. Er lächelte. Jesus, es war ein herrliches Gefühl, wieder in seinem Zimmer in ›Duke's Hotel‹ zu sein, frisch gewaschen, in einem richtigen Bett. Er fühlte sich zwar immer noch wie zerschlagen, aber bei Gott, es war phantastisch, am Leben zu sein.

Letzte Nacht, als er entschied, daß ihnen keine andere Wahl blieb, als unter dem beständigen ziellosen Feuerbeschuß hindurch den Felssims hinunterzukriechen, hätte er keine zwei Cents auf seine und Briannes Überlebenschancen gesetzt.

Er nahm einen Schluck der feurig schimmernden Flüssigkeit, spürte, wie der Whiskey sich durch seine Kehle bis in den Magen brannte, und dankte Gott für jene Ärzte, die Whiskey für ein Heilmittel gegen fast alle Verletzungen, die es gab, hielten. Heute nacht würde er gut schlafen, und er hatte vor, morgen schon wieder auf den Beinen zu sein.

»Sloan.«

Seine Hand zuckte beim Klang von Briannes Stimme zusammen, und ein paar Tropfen Whiskey spritzten auf seinen Handrücken. Verdammt, er hatte sie heute abend nicht mehr sehen wollen. In ihm arbeiteten zu viele Gefühle, die er erst erforschen mußte. »Ich habe dich nicht klopfen hören.«

Irgend etwas an ihr war anders, fiel ihm auf, und zwar nicht allein die Tatsache, daß er sie zum ersten Mal seit Tagen wieder in einem eleganten Kleid sah, das schimmernde Haar zu einem weichen Knoten geschlungen. Nein. Es waren ihre Augen – sie glommen in einem dunkleren Grün als gewöhnlich. Und ihr Gesicht wirkte blaß, ihre Haltung steif.

Langsam trat sie an das Bettende, und während sein Blick ihr folgte, mußte er unwillkürlich an den Tag denken, an dem er mit seinem Schiff vor der Küste von Carolina in einen Hurrikan geraten war. Die Ruhe, die dem Sturm gefolgt war, war von einer beklemmenden Eiseskälte gewesen.

»Wie konntest du das nur tun?« Ihre Stimme war ruhig, aber ihre Augen blitzten vor Zorn.

*Sie hatte es also herausgefunden.* Er starrte auf das Glas in seinen Händen, hob es an den Mund und nahm einen weiteren Schluck.

»Wie konntest du, Sloan? Wie konntest du zulassen, daß ich vor Angst und Sorge um Patrick fast verrückt wurde, obwohl du die ganze Zeit genau wußtest, wo er war?«

Er hob den Kopf und begegnete ihrem Blick. »Ganz einfach. Ich wollte dich.«

»Du hast also kaltblütig meine Liebe zu meinem Bruder ausgenutzt und mich zu einem Handel mit dir gezwungen, von dem du wußtest, daß ich ihn nicht ablehnen konnte. Du hast dir alles von mir genommen, was du wolltest, und mich die ganze Zeit über in dem Glauben gelassen, er könnte tot sein.« Ihre Stimme bebte vor Wut. »Weißt du denn nicht, wie sehr ich gelitten habe?«

»Doch.«

»Du bist verabscheuungswürdig.«

»Du hast recht.«

Sie umrundete das Bett und beugte sich dicht über ihn. »Und was bist du noch?«

Er leerte sein Glas und stellte es auf den Nachttisch. »Eine Menge Dinge, die du bestimmt nicht wissen willst.«

»Wer ist Cally?«

»Was?« Seine Stimme war scharf.

»Cally. Du hast nach ihr gerufen, als du im Delirium warst. Sie muß dir sehr viel bedeuten, und ich möchte wissen, wer sie ist.«

Er wandte das Gesicht ab. Seine Stimme war völlig ausdruckslos. »Sie ist niemand.«

»Sieh mich an, Sloan Lassiter.« Fast flüstete sie die Worte.

Als er sich zu ihr umwandte, war das Gold seiner Augen hart und undurchdringlich. »Cally ist eine sehr schöne junge Frau, die ich eines Nachts fast auf dem Fußboden meines Arbeitsraumes genommen hätte. Damals dachte ich noch, sie wäre meine Halbschwester. Verstehst du? Ich hielt sie für eine Blutsverwandte. Erst später erfuhr ich, daß das nicht stimmte. Sie bedeutet mir nichts. Sie hat es nie getan.« Er machte eine Pause. »Soll ich dir noch mehr davon erzählen, was ich in der Vergangenheit getan habe, nur um mich zu überzeugen, daß ich noch am Leben war?«

»In Wirklichkeit kenne ich dich überhaupt nicht, nicht wahr?« Unsicher wich sie ein paar Schritte von ihm zurück. »Als du Fieber hattest, hast du gesagt: ›Ich habe ihn umgebracht‹. Wen hast du umgebracht?«

Er schwieg. Nach einem Moment ließ er sich auf das Bett hinuntergleiten, drehte sich auf die andere Seite und zog die Decken über seine Schultern.

Brianne empfand seine Reaktion wie einen Schlag ins Gesicht.

Ihr Zorn ließ sie erbeben; der innere Schmerz tat körperlich weh. Sie durchquerte das Zimmer und legte ihre Hand auf den Türgriff.

»Brianne?«

Sie verharrte, drehte sich aber nicht um.

»Wo ist McCords Geschäftsbuch?«

O Gott! Nach allem, was sie durchgemacht hatte, sann er noch immer auf Rache an Wes McCord! Ihre Lippen verhärteten sich. »Henrietta hat es.«

»Ich will es haben. Noch heute abend.«

Briannes Blick fiel auf ihre Hand. Sie umklammerte den Türgriff so fest, daß ihre Knöchel weiß hervortraten. »Ich lasse es dir bringen.« Sie öffnete die Tür und verließ das Zimmer.

Ein leichter Wind blies durch die Spitzengardinen in Briannes offenem Schlafzimmerfenster und bauschte die schweren Bettvorhänge. Die Flamme in der Lampe auf dem Nachttisch flackerte jedoch kaum hinter ihrem schützenden Glasschirm.

Brianne fuhr unvermittelt herum und starrte auf das

Fenster. »Hast du auch etwas gehört?« fragte sie Patrick, der sich träge auf ihrem Bett räkelte.

»Nein, nichts.«

Sie verschlang die Hände und schenkte ihm ein unsicheres Lächeln. »Meine Nerven scheinen etwas überreizt zu sein.«

»Du bist völlig erledigt. Und das ist kein Wunder.«

Sie schüttelte den Kopf. »Ich kann immer noch nicht fassen, wie Sloan mir verschweigen konnte, daß er dich gefunden hatte.«

»Bri«, versuchte Patrick sie zu beruhigen, »ein Delaney hätte noch wesentlich Schlimmeres getan, um zu kriegen, was er wollte, und das weißt du genausogut wie ich.«

»Möglich, aber was würdest du tun, wenn ich es gewesen wäre, die man entführt hätte, und jemand hätte dir bewußt die Information vorenthalten, wo ich bin?«

»Wahrscheinlich würde ich den Betreffenden töten. Sehr, sehr langsam.«

»Genau.«

»Außer, wenn ich diesen Menschen liebte. Und darüber gibt es keine zwei Meinungen, Bri. Du liebst Sloan.«

Sie verschränkte die Arme und starrte ihn finster an.

Er zuckte die Achseln. »Tut mir leid, Liebes, aber in der ganzen Welt ist nicht genug Zorn oder Schmerz, um an dieser Tatsache zu rütteln. Wenn du dich dadurch allerdings besser fühlst, würde ich mich freuen, es mit ihm auszutragen – mit dem Revolver.«

»Sei nicht albern!« fuhr sie ihn an. Verzweifelt hob sie die Hände. »Ich liebe diesen Mann mit meinem ganzen Herzen, fast von dem Moment an, als ich ihn zum ersten Mal sah. Aber er ist so verdammt dickköpfig! Weißt du, wonach er mich gerade gefragt hat?«

»Warum sagst du es mir nicht?« forderte Patrick sie freundlich auf.

»Nach dem Geschäftsbuch. Hinter diesem verdammten

Buch war er an jenem Morgen her, als Dan Cummings ihn überraschte und ihn danach fast umbrachte. Das Buch ist der Beweis dafür, daß McCord mit Zahlen jongliert und offenen Betrug begangen hat, um riesige Summen für den Eisenbahnbau abzuzweigen und in seine eigene Tasche fließen zu lassen. Ein Mädchen namens Janice hat das Buch aus dem Zelt gestohlen, während Cummings auf Sloan eindrosch, und es mir gebracht. Seither hat Henrietta es in Verwahrung.«

Patricks Miene war ernst geworden, während er ihr zuhörte. »Dann würde ich sagen, du hast keine Wahl, Brianne. Du mußt Sloan dieses Buch zurückgeben. Er wäre fast gestorben, um es zu bekommen.«

Sie trat an das Bettende und schlang ihre Arme um einen der hohen Pfosten. »Du verstehst das nicht. Sloan ist nach Chango gekommen in der Erwartung, zu sterben, und ich fürchte, wenn er keine Ruhe gibt, wird genau das passieren.«

»Hast du ihm gesagt, wie du darüber denkst?«

»Mehr als einmal.«

»Dann finde ich, du solltest jetzt ihm überlassen, was er zu tun hat.«

»Ich weiß nicht, ob ich das kann.« Ihre Hände schlossen sich um das glatte Holz. »Zumindest muß ich versuchen, ihm zu zeigen . . . Oh, Patrick, es gibt soviel, was ich ihm begreiflich machen möchte.«

Er lächelte schwach. »Warum zum Teufel stehst du dann noch hier?«

Zwei Stunden, nachdem Brianne Sloans Zimmer verlassen hatte, wurde die Tür wieder aufgerissen. Brianne kam hereinmarschiert und schleuderte das Buch neben Sloan aufs Bett. »Da ist dein kostbares Geschäftsbuch! Ich habe es selbst gebracht. Bist du jetzt zufrieden? Jetzt kannst du deinen albernen Rachefeldzug fortführen und dabei vielleicht sogar ums Leben kommen. Das willst du doch, oder?« Sie hielt kurz inne, um Luft zu holen, und starrte ihn finster an. »Gehört Rache auch zu den Dingen, die dir das Gefühl geben, am Leben zu sein? Sag es mir, Sloan, damit ich versuchen kann, dich zu verstehen.«

Sloan richtete sich auf und musterte sie argwöhnisch. »Ich dachte, unser Gespräch wäre beendet.«

»Nicht im entferntesten.« Sie trat näher. »Ich mußte nur möglichst schnell weg von dir, um nicht in Versuchung zu kommen, dich eigenhändig umzubringen. Du, diese Cally, deine verdammte Verschlossenheit – ich mußte einfach nachdenken.«

»Und zu welchen Schlußfolgerungen bist du gekommen?«

»Mach dich nicht über mich lustig!« Ihre Hände ballten sich zu Fäusten. »Warum tust du das? Du warst vorher ganz anders. Alles hat sich verändert.« Tränen glitzerten plötzlich in ihren Augen. »Ich weiß nicht einmal, warum ich hier bin. Ich sollte dich deiner einsamen, kalten kleinen Welt überlassen und dich verrotten lassen.«

»Vermutlich eine glänzende Idee. Warum tust du es nicht?«

»Weil ich nicht diese Hölle da draußen im Canyon durchgemacht habe, um zuzulassen, daß du alles zwischen uns zerstörst.« Ihre Stimme war leise, aber von einer Intensität, die deshalb um so schwerer wog. »Wir sind am Leben, verdammt! Weißt du denn nicht, wie wundervoll das ist? Das Leben ist ein Geschenk, ein Segen. Wie kannst du es wagen, dieses Glück nicht zu akzeptieren?«

Sein Mund verzog sich bitter. »Ich habe es nie als besonders erhebend empfunden.«

»Nur weil du selbst es nicht zugelassen hast. Du hast dich in deinen engen, haßerfüllten Raum eingesperrt und dich geweigert, die Fenster aufzureißen und alles Schöne hereinzulassen, Freiheit und –« Ihre Stimme brach, und sie mußte einen Moment innehalten, um ihre Selbstbeherrschung wiederzuerlangen. »Aber ich lasse nicht zu, daß du so weitermachst.«

Er musterte sie nachdenklich, während er die Bedeutung ihrer Worte in sich aufnahm. »Ich nehme an, du hast vor, diese Fenster zu öffnen.«

»Ich hoffe, einige habe ich schon geöffnet.« Sie befeuchtete mit der Zunge ihre Oberlippe. »Ich hoffe, du empfindest noch etwas anderes für mich als nur das Vergnügen, mit mir im Bett zu sein. Stimmt das?«

Er schwieg einen Moment. »Ja«, sagte er schließlich.

Eine Woge von Erleichterung überschwemmte sie, aber sie wappnete sich für die nächste Frage. »Liebst du mich?«

Schweigen.

»Antworte mir!« Sie kniete sich neben das Bett, umfing sein Gesicht mit beiden Händen und zwang ihn, sie anzusehen. »Liebst du mich, Sloan?«

Eine Vielfalt von Empfindungen drückte sich in seinem Gesicht aus. »Ich . . . ich liebe dich«, sagte er rauh.

Sie schloß für einen Moment die Augen. »Gott sei Dank!«

Er riß den Kopf zurück und löste sich von ihren Händen. »Warum?« fragte er bitter. »Ich sehe nichts, wofür man dankbar sein müßte, und es wäre mir weit lieber, diese Liebe nie empfunden zu haben. Sie wird mich in Stücke reißen, wenn du mich verläßt.«

»Ich werde dich nicht verlassen.«

»Und ob du wirst! Du wirst deine Meinung ändern, sowie deine Familie eintrifft, und dich nur noch an die Lügen und den Betrug und alles, was ich bin, erinnern.«

Sie nickte langsam. »An all das werde ich mich erinnern, aber auch daran, daß ich dich liebe.«

»Ich war der erste Mann in deinem Leben, aber woher zum Teufel willst du wissen, ob das, was du empfindest, Liebe ist?«

Wieder nahm sie sein Gesicht in beide Hände, unwiderstehlich von dem Wunsch getrieben, ihn zu berühren. »Glaubst du, ich hätte all das auf mich genommen, wenn ich dich nicht lieben würde?« Die Tränen, die unter ihren Lidern gebrannt hatten, liefen über ihre Wangen. »Viel lieber würde ich einen anderen lieben. Jeden anderen. Du bist hart und skrupellos und unerbittlich, und ich glaube, du wirst mich nie so sehr lieben, wie ich dich liebe.«

»Brianne . . .« Er stöhnte auf. »Mein Gott, wein doch nicht! Bitte, wein nicht.«

»Ich weine nicht.« Die Tränen liefen weiter über ihr Gesicht. »Warum sollte ich weinen?« Sie brachte ein geisterhaftes Lachen zustande. »Wahrscheinlich verdiene ich dich. Ich muß völlig verrückt sein, um mich in einen Menschen wie dich zu verlieben.«

»Unglaublich verrückt«, bestätigte er leise. »Unglaublich großzügig.« Er wandte den Kopf und liebkoste mit den Lippen die weiche Innenfläche ihrer Hand. »Unglaublich wundervoll.«

Sie rang nach Luft. »Ich bin nicht wundervoll, und es ist nicht schwer, großzügig zu sein, wenn alles gut werden wird.«

»Im Canyon sah es nicht gerade gut aus.« Seine Worte klangen erstickt. »Und du warst wie ein Engel vom Himmel.«

Sie schnitt ein Gesicht. »Ein ziemlich zerzauster Engel.« Sie schwieg und sah ihn forschend an. »Und ein Engel, glaube ich, den du ablehntest.«

»Weil ich ein Dummkopf bin.« Seine Stimme war leise. »Ich habe mich so verdammt hilflos gefühlt. Alles war so verdammt vertraut. Es erinnerte mich an zu viele Dinge, die ich vergessen wollte.« Er schüttelte den Kopf. »Du hast alles für mich getan, und ich konnte dich nicht einmal vor Cummings schützen.«

Zärtlichkeit durchströmte Brianne wie ein schimmernder,

sich sanft windender Fluß. »Aber du hast mich doch beschützt! Wir haben uns gegenseitig beschützt. Siehst du das denn nicht ein? Nur das ist es doch, was Liebe ausmacht, die guten wie die schlechten Zeiten miteinander zu teilen.«

»Ich begreife es allmählich.« Seine Augen waren verdächtig hell, als er den Blick zu ihrem Gesicht hob. »Es tut mir leid, Brianne. Wegen so vieler Dinge.«

Sie küßte ihn leicht auf die Lippen und erhaschte den Geschmack und den Duft von Whiskey. Seine letzten Worte hatten ein wenig undeutlich geklungen, und erst jetzt erinnerte sie sich an die Instruktion des Arztes, daß Sloan unbedingt eine ruhige, durchschlafene Nacht brauchte. Vielleicht hätte sie nicht versuchen dürfen, diese Dinge noch heute abend zwischen ihnen zu regeln, aber eines mußte noch klargestellt werden.

»Sloan . . .« Sie wartete, bis ihre Augen sich begegneten, senkte dann die Stimme, unterstrich aber jedes Wort mit stählerner Härte. »Du darfst mich nie, nie wieder belügen. Über nichts. Von jetzt an muß es zwischen uns bedingungslose Aufrichtigkeit geben.«

Er nickte langsam. »Aufrichtigkeit.« Leise fügte er hinzu: »Und Liebe.«

Sie beugte sich vor und küßte ihn sanft auf die Stirn. »Schlaf jetzt. Wir können morgen weiterreden.« Sie hob das Geschäftsbuch auf und legte es auf den Nachttisch, trat dann ans Fenster und öffnete es, um etwas frische Luft in den stickigen Raum zu lassen. »Es gibt noch soviel, das wir zwischen uns klären müssen.« Sie wandte sich zur Tür.

»Brianne!«

»Ja?«

»Komm ins Bett, Rotschopf.«

Brianne spürte eine Hitzewelle durch ihren Körper fluten. Es schien eine Ewigkeit zurückzuliegen, seit sie beide in dieser heißen, sinnlichen Vereinigung verschmolzen waren. Sie holte tief Luft. »Sloan, wir können nicht –«

Er seufzte, stieß dann ein kurzes Lachen aus. »Ich fürchte, du hast recht.« Leises Bedauern schwang in seiner Stimme mit. »Abgesehen von den blauen Flecken und dem Whiskey bin ich immer noch ziemlich mitgenommen.« Er schwieg kurz. »Aber ich könnte dich halten. Ich möchte dir heute nacht ganz nahe sein.«

Ja, dachte Brianne. Auch sie wollte ihm nahe sein. Ohne ihr Kleid abzulegen, drehte sie sich um, löschte das Licht aus und schlüpfte neben ihm auf das Bett, sorgsam darauf bedacht, sich so zu legen, daß der Druck ihres Körpers ihn nicht belastete. »Nur für eine kleine Weile.«

Seine Arme schlossen sich um sie, und er hielt sie mit einer Zärtlichkeit an sich gepreßt, die sie mit fast unerträglichem Glück erfüllte. Sie hatten Leidenschaft miteinander erlebt, nicht aber dieses köstliche Gefühl vertrauter Gemeinsamkeit. Die Leidenschaft würde wiederkehren, aber für den Augenblick war dies hier mehr als genug.

»Ich muß dir etwas sagen«, begann Sloan stockend, während seine Finger zärtlich über ihr Haar strichen.

»Sag es mir morgen. Du mußt jetzt schlafen.«

»Ich kann nicht schlafen, bevor ich es dir gesagt habe.« Er brach ab, und als er weitersprach, schwankte seine Stimme. »Du erfüllst mich mit Leben, Brianne. Du *bist* mein Leben. Vor dir gab es nichts, und wenn du mich verläßt, wird es wieder so sein.«

Sein Geständnis war so unerwartet und machte ihn ihr gegenüber so verletzlich, daß es sie einen Moment lang betäubte. Die Barrieren brachen in sich zusammen, die stählerne Härte seines Schutzschildes schmolz. Sie empfand zugleich Demut und wilde Freude. »Ich werde dich nie verlassen!« Ihre Arme schlossen sich liebevoll um ihn. »Solange ich lebe, nicht.«

Das Schweigen, das folgte, war von Ruhe und Frieden

erfüllt und umhüllte die beiden Menschen auf dem Bett wie ein Mantel aus Liebe und Träumen.

Schon kurz darauf wurden Sloans Atemzüge tief und regelmäßig, und Brianne wußte, daß er in Schlaf gesunken war. Eine kleine Weile blieb sie noch neben ihm liegen, um das Gefühl auszukosten, daß keine tödliche Gefahr mehr ihr vollkommenes Glück bedrohte. Schließlich löste sie sich widerstrebend von ihm und glitt vorsichtig aus dem Bett. Sloan befand sich auf dem Weg zur Genesung, aber er brauchte Ruhe, und sie wollte nicht das Risiko eingehen, in der Nacht gegen ihn zu stoßen und ihn zu wecken. Tausend weitere Nächte warteten auf sie.

Sie zog die Decken über Sloan, wandte sich dann um und ging zur Tür.

*Irgend jemand beobachtete sie!*

Sie wirbelte herum, und ihr Blick flog durch das Zimmer zum Bett. War Sloan wach geworden? In der Dunkelheit konnte sie nichts sehen, aber Sloans tiefe und regelmäßige Atemzüge überzeugten sie davon, daß er fest schlief.

Sie blieb einen Moment lang unsicher stehen, bevor sie die Achseln zuckte und sich umdrehte. Sie verhielt sich albern. Ihre Nerven schienen tatsächlich zum Zerreißen gespannt zu sein.

Leise zog sie hinter sich die Tür ins Schloß.

Die weiße Batistgardine bauschte sich leicht, bewegte sich . . .

»Es war ein Kinderspiel.« Ralph Mahoney lachte. »Er schlief wie ein Baby. Ich mußte nur draußen auf dem Vordach warten, bis die Frau verschwunden war. Dann war es kein Problem mehr.«

»Hat sie etwas bemerkt?« Nicht, daß es ihm etwas ausgemacht hätte, dachte Wes, nun, da er das Geschäftsbuch zurück hatte.

»Nein, ich war vorsichtig.«

»Gute Arbeit.« Wes entließ seinen Angestellten mit einem Nicken. Nachdem der andere den Raum verlassen hatte, setzte er sich an seinen Schreibtisch und blätterte in dem Buch. Kurz darauf öffnete er die oberste Schublade. Die Schuldscheine. Er zog sie heraus und wog sie in einer Hand.

Seine Augen wanderten zu dem offenen Geschäftsbuch zurück, und er schob die Schuldscheine vorsichtig zwischen die Seiten, bevor er das Buch zuklappte. Er legte eine Hand auf den Einband.

Die zwei wichtigsten Dinge in seinem Leben, die Schuldscheine und das Geschäftsbuch. Beides waren Waffen, wenn auch unterschiedlicher Art. Die eine konnte er verwenden, die andere konnte gegen ihn eingesetzt werden. Ein Gefühl des Triumphs stieg heiß in ihm hoch.

Allmählich spürte Wes, daß sein Lächeln erstarb. Mit fast wilden Bewegungen schleuderte er das Buch in die Schublade und versperrte den Schreibtisch. Mit einem Stirnrunzeln löschte er das Licht und ging langsam die Treppe hinauf.

Schon früher hatte er manchmal Triumph empfunden und dieses Gefühl stets genossen. Aber diesmal schien es flüchtig zu sein, kurzlebig.

Etwas später lag Wes in seinem Bett, einen Arm hinter den Kopf geschoben, den Blick auf die Decke geheftet. Er richtete sich unvermittelt auf und blinzelte durch die vom Mondlicht nur schwach erhellte Dunkelheit zu der Uhr, die auf dem Kamin stand. Halb drei. Mahoney hatte behauptet, daß Sloan tief und fest geschlafen hätte.

Warum konnte er selbst keinen Schlaf finden? fragte Wes sich.

Er hatte das Geschäftsbuch wieder in Besitz. Bald würden die Pläne für den Eisenbahnbau termingerecht weiterlaufen. Sicher, Cummings saß im Gefängnis und wußte zuviel, um länger in den Händen der Justiz zu bleiben. Um diese

Angelegenheit würde er sich kümmern müssen. Aber alles andere entwickelte sich ganz nach Plan.

Ein freudloses Lächeln zeichnete einige harte Linien in sein Gesicht. Warum machte er sich selbst etwas vor? Er wußte verdammt gut, was ihm auf der Seele lag. Anna trug sein Kind, und er hatte sie seit zwei Tagen nicht mehr gesehen. Letzte Nacht – Donnerstag, einer ihrer regulären Besuchstage – war sie nicht gekommen.

Was zum Teufel sollte er mit Anna machen?

Seine Augen blieben offen und forschten in der Dunkelheit, als könnte er hier die Antwort auf seine Fragen finden.

O Gott, sie hatte solche Angst!

Anna spürte, daß sie vor Nervosität am ganzen Körper bebte. Sorgsam darauf bedacht, so wenig Geräusche wie möglich zu verursachen, schlich sie die Eingangshalle von Wesleys Haus hinunter. Im Innern des Hauses herrschte Totenstille, Gott sei Dank. Da sie wußte, daß er häufig bis in die Nacht hinein arbeitete, hatte sie ihr Kommen bis nach zwei Uhr morgens hinausgezögert, um ganz sicherzugehen, daß er schlief.

Langsam ertastete sie sich ihren Weg durch die Dunkelheit. Sie kannte Wesleys Haus gut, aber es bestand immer noch die Gefahr, daß jemand in den letzten Tagen einige Möbelstücke umgestellt hatte. Wenn sie gegen einen Tisch oder Stuhl stieß, könnte der Lärm eine Katastrophe heraufbeschwören.

Der Türknopf zu seinem Arbeitszimmer knarrte leise, als sie ihn drehte, und sie blieb wie erstarrt stehen. Nichts rührte sich. Sie atmete tief aus, öffnete dann langsam die Tür und schlüpfte hinein. Da sie das Risiko, den Türknopf noch einmal bewegen zu müssen, vermeiden wollte, ließ sie die Tür einen Spalt offenstehen.

Vorsichtig schob sie sich durch den Raum, bis sie vor dem

Schreibtisch stand. Sie tastete mit den Fingern nach der Lampe und suchte weiter, bis sie die Streichhölzer gefunden hatte. Sowie das Licht brannte, befiel sie eine Art freudige Erregung. Sie war dem Ziel so nah!

Sie glitt hinter Wesleys Schreibtisch und versuchte eine Schublade nach der anderen zu öffnen. Verschlossen. Aber darauf war sie vorbereitet. Sie zog ein scharfes Küchenmesser aus ihrer Rocktasche und schob es in die mittlere der drei oberen Laden.

Sie hatte keine Ahnung, wo die verdammten Schuldscheine sich befanden, und sie hatte noch nie zuvor gewaltsam eine Schublade aufgebrochen, aber sie weigerte sich, den Mut zu verlieren. Sie mußte es schaffen, sie mußte einfach! Plötzlich ertönte das leiche Knirschen splitternden Holzes, dann ein Klicken. Hastig ließ sie die Schublade auf und durchsuchte sie. Keine Schuldscheine. Bittere Enttäuschung erfüllte sie.

*Lieber Gott, bitte, laß sie mich finden!*

Sie wandte ihre Aufmerksamkeit den seitlichen Schubladen – ohne Erfolg.

Aber eine der unteren Schubladen enthielt ein Beutestück – ein Geschäftsbuch. In der Stadt war viel über ein solches Geschäftsbuch getuschelt worden, an dessen Wiederbeschaffung Wesley offenbar sehr viel gelegen hatte. Konnte es sich um dieses Buch handeln? Falls sie die Schuldscheine nicht entdeckte, könnte sie vielleicht dieses Buch mitnehmen und Wesley damit unter Druck setzen. Sie zog das Buch aus seinem sicheren Versteck und blätterte es mit fliegenden Händen durch. Zahlen, Daten, Namen, nichts davon sagte ihr etwas, aber möglicherweise – Die Schuldscheine! Wie durch ein Wunder hatten sich die Seiten in der Mitte geteilt und die Schuldverschreibungen ihres Vaters offengelegt.

Anna schloß die Augen und sprach ein stummes Dankgebet.

Sie zählte die Scheine, um sicherzugehen, daß alle da waren, legte sie dann in das Buch zurück und klappte es zu. Sie würde auch das Buch mitnehmen, und es später, wenn sie Zeit hatte, gründlich ansehen.

Sie drehte den Docht der Lampe hinunter, bis das Licht erlosch, und schlich auf Zehenspitzen aus dem Zimmer heraus.

Es war überstanden. Endlich war es überstanden.

Sie trat auf die Veranda, atmete in tiefen Zügen die frische Nachtluft ein und schloß die Eingangstür hinter sich.

Wes setzte sich abrupt auf. Hatte er nicht gerade das Schließen einer Tür gehört? Er glitt aus dem Bett, griff nach seinem Revolver und schob sich geräuschlos zu der Tür, die auf den Gang führte. Unten durchsuchte er jeden Raum und machte überall Licht. Nichts.

Er betrat sein Arbeitszimmer und verharrte kurz in der Dunkelheit. Ein schwacher Fliederduft schien in der Luft zu hängen.

Gott, seine Phantasie ging mit ihm durch. Erst Anna in seinem Schlafzimmer, jetzt hier in der Bibliothek.

Er hielt ein Streichholz an den Lampendocht. Jesus! Sein Schreibtisch war aufgebrochen worden. Die unterste Schublade stand weit offen. Leer.

Wes ließ sich auf einen Stuhl sinken. Ihm war übel.

*Zur Hölle mit dir, Sloan Lassiter.*

Anna hatte das Geschäft fast erreicht, als sie Hufschläge hörte. Kalte Furcht ließ jeden Blutstropfen in ihrem Körper gefrieren. Wenn Wesley sie erwischte, durfte er auf keinen Fall das Geschäftsbuch und die Schuldscheine bei ihr finden.

Hastig sah sie sich um. Gleich neben dem Weg stand ein

zusammengebrochener Planenwagen auf seiner Querachse. Die Räder waren verschwunden, und Unkraut umwucherte den Wagen. Er stand an dieser Stelle, seit sie sich erinnern konnte. Sie hob den Sitz, warf das Buch in den kleinen Zwischenraum darunter und ließ den Sitz wieder fallen.

Als sie endlich den sicheren Schutz ihrer Hintertür erreichte, hörte sie nichts mehr außer dem Hämmern ihres Herzschlags. Sie blieb stehen und forschte in der Dunkelheit nach dem Pferd, das sie gehört hatte. Es war nichts zu sehen.

»Ich kann mir nicht vorstellen, daß es Lassiter gelungen sein soll, das Buch zurückzuholen«, meinte Mahoney, als er zur Tür von Wes' Büro hinaustrat. »Als ich in seinem Zimmer war, schien er für die Welt verloren zu sein.«

Wes stellte sich neben ihn auf den Bürgersteig. Wie immer an einem Samstagnachmittag wimmelte es auf der Main Street von Wagen und Reitern, und Staub und Lärm erfüllten die Luft. »Vielleicht war es nicht Sloan, sondern diese Brianne. Aber darum geht es nicht. Wir müssen dieses verdammte Geschäftsbuch ein für allemal zurückbeschaffen und dann dafür sorgen, daß Sloan bereut, je mit dem Gedanken gespielt zu haben, mir in die Quere zu kommen.«

»Was soll ich tun?«

»Das Buch finden –« Er brach ab, als sein Blick auf Anna fiel, die gerade auf der anderen Straßenseite das Geschäft verließ. Sie lächelte zwei Damen zu, die vorübergingen, und begann, den Bürgersteig zu kehren. Sie tauschte mit etlichen Passanten Grüße aus, ließ aber nicht ein einziges Mal den Blick in seine Richtung wandern. Warum interessierte es sie so überhaupt nicht, ob er in seinem Büro saß oder nicht? durchfuhr es ihn mit plötzlichem Zorn. Sie hatten eine Leidenschaft miteinander geteilt, von der nur die wenigsten Menschen auch nur etwas ahnten, und als

Resultat dieser Leidenschaft trug sie sein Kind unter dem Herzen.

Warum sah sie nicht zu ihm, verdammt?

Warum zum Teufel war sie Donnerstagabend nicht gekommen?

War es möglich, daß sie sich irgendwie in ihre eigene Welt zurückgezogen hatte, zu der er keinen Zugang hatte? Aber wie konnte sie das tun? Mein Gott, sie brauchte nicht einmal in seiner Nähe zu sein, damit er an sie dachte. Erst letzte Nacht . . . Sein Körper versteifte sich, und seine Augen verengten sich.

*Flieder.*

Eine Hand bedeckte ihren Mund. Anna wurde abrupt wach und sah sich mit undurchdringlicher Dunkelheit und Entsetzen konfrontiert.

Eine Gestalt türmte sich bedrohlich neben ihrem Bett auf, und die harte Hand erstickte sie fast. Ein Schrei formte sich in ihrer Brust, blieb aber in ihrer Kehle gefangen. Ihr Herz hämmerte gegen ihre Rippen.

»Hör auf, dich zu wehren!«

Beim Klang der leisen, barschen Stimme erschlaffte sie. *Wesley!*

Langsam lockerte er den Druck seiner Hand. »Ich will die Schuldscheine. Wo sind sie?«

»Was tust du hier?« flüsterte sie panisch. »Wenn Papa dich hört –«

»Glaubst du, das interessiert mich noch?«

»Um Himmels willen, sprich nicht so laut!« O Gott, und sie hatte sich eingebildet, alles wäre vorüber. Das hier durfte einfach nicht geschehen. Es mußte ein böser Traum sein. »Ich weiß nicht, was du willst«, wisperte sie. »Aber was es auch ist, wir können morgen darüber reden.«

»Die Schuldscheine, Anna. Wo sind sie?«

Sie durfte nicht aufgeben. Sie konnte nicht! Und irgendwie mußte sie Wesley aus dem Haus schaffen, bevor ihr Vater wach wurde.

»Wesley, bitte, geh nach Hause!«

»Die Schuldscheine *und* das Geschäftsbuch.«

Das Buch war also tatsächlich von großer Wichtigkeit für ihn. Jetzt hatte sie zumindest etwas in der Hand, um sich gegen ihn zur Wehr zu setzen.

»Anna« raunte er ihr zu, »soll dein Vater erfahren, daß du ein Kind von mir erwartest?«

O Gott! Sie schloß die Augen, überwältigt von einer Woge von Angst, die über ihr zusammenschlug. Irgendwie hatte er herausgefunden, daß sie schwanger war. Was sollte sie bloß tun?

»Anna?«

»Du würdest es ihm nicht sagen, oder?«

»Laß es darauf ankommen.« Seine Hand schloß sich um ihren Arm und zog sie hoch. »Steh auf und zieh deinen Morgenmantel und Schuhe an.«

Sie hatte keine andere Wahl, als ihm zu gehorchen, dachte sie benommen. Seine Kenntnis ihres Zustands gab ihm eine weitere Waffe, mit der er sie unter Druck setzen konnte. Und bald würde er auch die Schuldscheine wieder besitzen.

Während sie in ihren Morgenmantel schlüpfte, fragte er: »Wo hast du sie versteckt? Hier im Zimmer?«

Sie schüttelte den Kopf und deutete auf das Fenster. Nachdem sie in ihre Hausschuhe geschlüpft war, wandte sie sich zu ihm um. »Sei bitte leise. *Bitte*!«

»Warum? Dein Vater wird es früher oder später ohnehin erfahren. Hast du daran noch gar nicht gedacht, Anna?«

»Nein, er muß es nicht –« Sie brach ab. »Wir haben keine Zeit, darüber zu reden.« Sie ging zur Tür.

Für die Jahreszeit war die Nacht erstaunlich warm, aber Anna war kalt und elend. Schweigend führte sie Wesley zu dem Wagen und deutete auf den Behälter unter der Sitzbank.

Wes griff hastig nach dem Geschäftsbuch und prüfte nach, ob die Schuldscheine noch an ihrem alten Platz lagen. Dann wandte er sich zu ihr. »Warum hast du das Buch gestohlen?«

»Aus dem gleichen Grund, aus dem du die Schuldscheine meines Vaters aufgekauft hast.« Sie begegnete furchtlos seinem Blick. »Ich wollte dich zerstören, bevor du die Chance hattest, mich zu zerstören.«

Ein schockierter Ausdruck huschte über sein Gesicht, dann verzog ein bitteres Lächeln seinen Mund. »Du mußt in dieser Beziehung noch einige Erfahrungen sammeln, Anna. Sehr gut verstehst du dich auf derlei nicht.« Er drehte sich abrupt um. »Gehen wir.«

Anna ging müde den Pfad zurück, aber auf halbem Weg zu ihrem Laden packte Wes sie am Arm. »Nein, hier entlang.«

»Was?« Anna sah sich verwirrt um. Er führte sie in die Wälder. »Wesley –«

»Kein Grund zur Sorge«, unterbrach er sie zynisch. »Ich bringe dich nicht wieder zu dieser Lichtung. Wir reiten nach Moran.«

»Moran?« Sie wußte, daß Moran eine Stadt war, die ein paar Meilen westlich von Chango lag. Verwirrt und verängstigt bohrte sie ihre Absätze in den Boden und entriß ihren Arm seinem Griff. »Ich gehe nirgends hin!«

»Doch, du wirst mitkommen. Ich habe mich umgehört und erfahren, daß sich gerade ein Wanderprediger in Moran aufhält.« Er machte eine Pause. Sein Gesicht wirkte im Mondlicht drohend und entschlossen. »Wir werden uns heute nacht von ihm trauen lassen.«

Panik streifte sie wie ein eisiger Windhauch. »Nein!«

»Versuch nicht, gegen mich anzukämpfen, Anna.«

Sie ballte die Fäuste. »Ich werde nie aufhören, gegen dich anzukämpfen.«

»Mag sein, aber du erwartest *mein* Kind. Dir bleibt keine andere Wahl, als mich zu heiraten.« Er schwieg. »Falls du nicht vorhast, das Kind irgendwie loszuwerden.«

»Ich –« Sie schluckte mühsam. »Glaubst du etwa, ich hätte nicht daran gedacht? Ich konnte nicht . . .«

Ein kalter Schauer lief ihm über den Rücken, und er starrte Anna lang an. Wenn sie tatsächlich in Erwägung gezogen hatte, dem Kind, das in ihr wuchs, das Leben zu nehmen, mußte sie außer sich sein vor Verzweiflung und Angst. Und er hatte ihr das angetan! Als er wieder sprach, waren seine Worte leise, aber unerbittlich. »Anna, selbst mein Name ist besser als gar keiner.«

Sie senkte resigniert den Kopf und nickte kaum merklich.

Er hob sie vor sich in den Sattel und trieb sein Pferd zu einem schnellen Galopp an. Anna umklammerte mit beiden Händen das Sattelhorn. Seine Arme hielten sie fest, und seine breite Brust lehnte an ihrem Rücken. Gegen den Wind rasten sie durch das Dunkel der Nacht.

In Moran schlief längst alles, aber das kümmerte Wes nicht. Beim Mietstall hämmerte er so lange gegen die Tür, bis ein alter Mann erschien. »Ja?«

»Ich habe gehört, daß ein Prediger in der Stadt ist. Wo kann ich ihn finden?«

Die schlaftrunkenen Augen des alten Mannes weiteten sich vor ungläubiger Wut. »Woher zum Teufel soll ich das wissen? Haben Sie eine Ahnung, wie spät es ist?«

Wes fixierte ihn mit stahlharten Augen. »Ich frage nur noch einmal. Wo ist der Prediger?«

Der Alte trat unsicher von einem Fuß auf den anderen. »Er steigt immer im ›Fairgates‹ ab, wenn er in der Stadt ist«, murmelte er, »aber an Ihrer Stelle würde ich ihn im Saloon suchen.«

Wes nickte. »Halten Sie mir in etwa einer halben Stunde ein frisches Pferd bereit, und kümmern Sie sich um dieses.«

Er drehte sich um und hob Anna aus dem Sattel. Als ihre bloßen Füße den Boden berührten, gaben plötzlich die Knie unter ihr nach. Mit einem Ausruf hob er sie in seine Arme. »Wo zum Teufel sind deine Schuhe?«

»Beim Ritt runtergefallen.« Ihr Kopf sank auf seine Schulter. »Wesley, so wie ich aussehe, kann ich unmöglich vor einen Priester treten. Um Himmels willen, ich habe nur ein Nachthemd und einen Morgenmantel an, und mein Haar –«

». . . sieht wunderschön aus«, unterbrach er sie schroff. »Mach dir keine Sorgen, was der Prediger denken könnte. Wenn er sich zu dieser Zeit im Saloon herumtreibt, wird er sich vermutlich überhaupt nichts denken.«

In einem ersten Impuls versuchte sie, etwas Ordnung in ihr langes, zerzaustes Haar zu bringen, aber sie ließ es bleiben. Wozu auch, dachte sie müde.

Sie sollte heiraten, etwas, wovon jede Frau seit ihrer frühesten Jugend träumte. Aber ihre Hochzeit würde nicht denen anderer Frauen gleichen. Ihre Hochzeit würde mitten in der Nacht stattfinden, schnell und heimlich, vielleicht sogar in einem Saloon. Ihr Bräutigam war ein Mann, der sie nicht liebte. Und sie würde an seiner Seite stehen, barfuß, mit wirrem Haar, in einem alten Nachthemd und einem Morgenmantel.

Wes stieß mit dem Rücken die Schwingtür des Saloons auf. Dichter Rauch erfüllte den Raum und brannte in Annas Augen, und der beißende Geruch von Schnaps und Zigaretten erweckte Übelkeit in ihr. Sie barg ihr Gesicht an seiner Brust. Nur für einen kurzen Moment verstärkte sich der Griff seiner Arme, dann stellte er sie auf die Füße.

»Ist der Prediger hier?« fragte Wes laut.

Alle Blicke wandten sich ihnen zu. Das Gelächter und das Gerede verstummten allmählich.

Mitten im Raum war eine Pokerrunde in Gange. Ein Mann lehnte betrunken in einer Ecke, kaum noch bei Bewußtsein. An der Theke schenkte ein Mann mit rotgeränderten Augen einer dick geschminkten Frau in Rot Drinks ein.

Die Frau deutete auf den langen, schlaksigen Mann, der neben ihr stand. »Das ist er.«

Der Mann, auf den sie gezeigt hatte, griff nach seinem Glas und nahm einen tiefen Schluck Whiskey.

Mit ein paar weitausholenden Schritten durchquerte Wes den Raum, packte den Mann an der Schulter und wirbelte ihn so abrupt herum, daß der Rest des Whiskeys über den Glasrand schwappte und auf den sägemehlbestreuten Boden spritzte. »Stimmt das?«

Der Mann richtete sich auf und musterte Wes unfreundlich. »Ich bin Reverend Ezekiel Thomas.«

»Mein Name ist Wes McCord, und das« – er deutete mit einem Kopfnicken auf Anna – »ist Anna Nilsen. Ich möchte, daß Sie uns trauen.«

»Morgen in der Kirche –«

»Nein. Hier. Und sofort.«

»Ich bin anderweitig beschäftigt.« Der Reverend warf der Barfrau ein schiefes Lächeln zu, das sie erwiderte, indem sie ihre vollen Brüste an seinen Arm preßte. Thomas wollte gerade nach ihr greifen, als Wes ein Bündel Banknoten aus der Tasche zog und mehrere Scheine abzählte.

Thomas verharrte und zog die buschigen schwarzen Augenbrauen hoch. »Nun, ich könnte mich vielleicht überreden lassen . . .« Er nahm das Geld und stieß sich von der Theke ab. »Die Braut?«

Wes hob die Hand und bedeutete Anna, zu ihnen zu treten.

Ich kann es nicht tun! dachte sie mit plötzlicher Panik. Dennoch spürte sie, daß sie einen Schritt nach vorn machte, dann einen weiteren. Sie blieb stehen. Aus dem Hintergrund schallte betrunkenes Gelächter; Rauchschwaden umwogten sie und raubten ihr den Atem. Plötzlich stand Wes neben ihr und sah sie besorgt an. Er nahm ihre Hand und rieb sie liebevoll. Ich fühle nichts mehr, dachte sie wie betäubt. Wes legte einen Arm um sie und führte sie zur Theke.

»Reicht euch die Hand«, forderte der Prediger sie auf, den Atem whiskeygeschwängert, an seiner Seite die Frau in Rot, die wie ein buntes, obszönes Geschwür an ihm zu kleben schien. Der Prediger zwinkerte ihr zu und sah dann zu Anna. »Nimmst du diesen Mann?«

*Ich kann es nicht aussprechen!*

Wes drückte leicht ihre Hand. »Anna«, murmelte er.

»Ja«, sagte sie.

»Nimmst du diese Frau?« wandte sich der Prediger an Wes.

»Ja.«

»Gib den Ring auf ihren Finger.«

Wes zuckte zusammen, faßte sich aber schnell wieder und zog den Siegelring von seinem Finger. Er hob Annas Hand und schob den Ring auf ihren Ringfinger. Der große Ring hing lose an dem zarten Finger.

Ich werde ihn verlieren, ging es ihr vage durch den Kopf.

»Ihr seid verheiratet.« Reverend Thomas wandte seine Aufmerksamkeit wieder den üppigen Rundungen der Barfrau zu. Eine Hand legte sich auf ihre Brust, die andere schob sich unter den roten Rock.

Gleich muß ich mich übergeben, dachte Anna.

»Nicht so hastig, mein Freund.« Wes klopfte dem Prediger auf die Schulter. »Ich will einen Trauschein haben.«

»Verdammt, dann muß ich erst meine Satteltasche holen.« Thomas drehte sich verärgert um. Sowie er Wes' kaltem Blick begegnete, löste er sich von der Frau in Rot. »Ist mir ein Vergnügen, Sir.«

Der Alte vom Mietstall hatte ihnen ein gutes Pferd gegeben, stellte Wes befriedigt fest. Der kastanienbraune Hengst legte die Entfernung zwischen Moran und Chango mit langen, weitausholenden Schritten zurück, und sie würden die Stadt lange vor Tagesanbruch erreichen.

Aber für Anna war der Ritt eine Qual. Sie lehnte sich schwer an seine Brust, und der Halbkreis ihrer langen Wimpern warf dunkle Schatten unter ihre Augen. Seit ihrem gemurmelten ›Ja‹ im Saloon hatte sie keinen Laut von sich gegeben. Wes fragte sich, ob sie eingeschlafen war.

Mit einer Selbstverständlichkeit, die ihn überraschte, legte er seine Hand auf ihren Bauch.

*Mein.*

Woher kam nur dieser Gedanke? Und wen hatte er gemeint – Anna oder das Kind?

Das Kind. Das Kind war seines; sein Blut rann durch die Adern dieses Kindes. Und jetzt würde es auch seinen Namen tragen.

Anna. Sie hatte ihm nie gehört, und auch die wenigen Worte der Trauungszeremonie würden daran nichts ändern. Anna war etwas, das er gestohlen, sich einfach genommen hatte, und jetzt war sie sicher weiter von ihm entfernt als je zuvor.

Nein, es mußte das Kind sein, das dieses starke, warme Gefühl in ihm auslöste. Seine Handfläche glitt zärtlich und liebevoll über Annas Leib. Bald würde sich dort neues Leben regen, Leben, das sie beide geschaffen hatten. Der Gedanke erschien ihm wie ein Wunder.

Ein Akt der Schöpfung . . .

Das Licht des neuen Tages erhellte allmählich den Himmel, als Wes Anna behutsam vom Pferd hob.

Sie blinzelte schlaftrunken. »Wo sind wir?«

»Du bist wieder daheim.«

»Daheim?« Sie wandte sich um und stellte fest, daß sie

vor der Rückseite des Ladens standen. Verwirrt sah sie Wes an.

Er schwang sich in den Sattel und ritt davon, ohne ein Wort zu sagen oder einen letzten Blick zurückzuwerfen.

## 8

Helles Sonnenlicht fiel durch das Fenster, als Anna aufwachte. Benommen richtete sie sich auf und sah sich im Zimmer um. Sie konnte sich vage erinnern, daß ihr Vater sie an der Schulter gerüttelt und gefragt hatte, ob mit ihr alles in Ordnung wäre, aber das mußte schon eine ganze Weile zurückliegen. Danach war sie wieder in Schlaf gesunken, so tief und traumlos, als wäre sie betäubt.

War die letzte Nacht Wirklichkeit gewesen?

Ja, obwohl sie es jetzt selbst kaum fassen konnte. Wesley hatte sie geheiratet und ihr seinen Namen gegeben. Dann hatte er sie vor dem Haus ihres Vaters abgesetzt wie ein lästiges Gepäckstück und war fortgeritten. Offensichtlich hatte er das Gefühl, ihr gegenüber seine Pflicht erfüllt zu haben.

Was für ein seltsamer Mensch er doch war, voller Stimmungen, die sie nie verstehen, voller Geheimnisse, die sie nie enträtseln würde. Dafür würde ihr keine Zeit bleiben, denn bald würden sie und Wesley McCord wieder getrennte Wege gehen. Aber das hatte nichts zu bedeuten. Sie war gar nicht sicher, ob sie überhaupt den Wunsch hatte, seine Geheimnisse zu erforschen. Sie hatte immer das Sonnenlicht geliebt, und er war ein Mensch, der sich im Dunkeln bewegte.

Sie hob die linke Hand und betrachtete seinen goldenen

Siegelring, ihren Ehering. Es überraschte sie ein wenig, daß sie ihn auf dem Ritt zurück nach Chango nicht verloren hatte. Sie streifte ihn von ihrem Finger und umschloß ihn in ihrer Hand. Der Ring war wie Wesley, kalt und hart.

Unvermittelt schlug sie die Bettdecke zurück und stieg aus dem Bett. Inzwischen würde ihr Vater schon aus der Kirche zurück sein und sich unten im Geschäft durch sein Inventar arbeiten. Sie sollte ihm dabei behilflich sein, brachte aber nicht den Mut auf, ihm und seinen Fragen jetzt gleich zu begegnen. Sie trat ans Fenster und sah hinaus. Ein herrlicher Frühlingstag mit strahlend blauem Himmel begrüßte sie. Sie wandte sich abrupt ab und begann sich anzuziehen. Dieses eine Mal würde Papa sich allein um das Inventar kümmern müssen. Sie brauchte Zeit, um mit sich ins reine zu kommen, ohne Beschönigungen oder Lügen.

Und sie kannte eine wunderschöne Wiese . . .

Die Sonne schien warm und freundlich vom Himmel herunter, als wüßte sie, daß Anna heute nicht fähig wäre, auch nur die geringste Härte zu ertragen. Eine leichte Brise wehte durch die langen Gräser und warf mit jedem Hauch neue Schattierungen frischen Grüns auf.

Inmitten der Wiese ließ Anna sich auf einen dichten Teppich samtiger Butterblumen und Ringelblumen sinken. Ihre weiten Röcke bauschten sich im Frühlingswind. Sie verschränkte die Hände im Nacken, lehnte sich zurück und ließ die Ruhe und die Schönheit ihrer Umgebung auf sich einwirken.

»Anna?«

Sie zuckte zusammen und sah erschrocken auf. Eine hohe, dunkle Gestalt hatte sich zwischen sie und die Sonne geschoben. Sie hob eine Hand, um ihre Augen vor dem Licht zu schützen, und erstarrte. »Was willst du hier?«

Wes hockte sich vor ihr ins Gras. »Ich habe dich

hierhergehen sehen und bin dir gefolgt.« Er warf seinen Hut neben sich auf die Wiese, sah sie an und schnitt dann eine Grimasse. »Ich habe gelogen. Ich habe dich überall gesucht.« Sein Blick forschte in ihrem Gesicht. »Wie geht es dir? Das Kind . . .«

»Mir geht es gut.« Etwas befangen und nervös zupfte sie einige Butterblumen ab und hielt sie an ihre Nase. All ihre Treffen hatten in der Dunkelheit stattgefunden. Jetzt saßen sie völlig unerwartet miteinander auf einer sonnenbeschienen Wiese. Anna fühlte sich plötzlich sehr schutzlos und ausgeliefert.

»Wo ist der Ring?«

Sie berührte die Stelle zwischen ihren Brüsten, wo sich der Ring an ihre Haut legte. »Hier. Ich habe eine lange Kette. Sie hat früher einmal meiner Mutter gehört.« Sie zögerte einen Moment, hob dann die Hände und tastete nach dem Kettenverschluß. »Du willst ihn wahrscheinlich zurückhaben.«

»*Nein.*« Ohne zu überlegen, streckte er eine Hand aus und zog ihre Arme hinunter. »Nein.«

Sie zuckte verwirrt die Achseln.

Hohe Blumen umwogten sie, und der Duft der Blüten lag schwer und süß in der Luft. Anna betrachtete Wesley durch den dichten Vorhang ihrer Wimpern. Jede Frau in der Stadt hielt ihn für ausgesprochen attraktiv. Die silbernen Strähnen, die sich durch das braune Haar seiner Schläfen zogen, paßten gut zu seinen hellgrauen Augen. Sie hatte erlebt, wie diese Augen zu Eis gefrieren konnten, wenn sie sich auf andere richteten, aber wenn er *sie* ansah, waren sie nie kalt.

Er war ein rätselhafter Mensch, dachte sie bei sich – und nicht zum erstenmal. Plötzlich löste sich ihre Verwirrung, und alles, was vorher vage und verschwommen gewesen war, gewann an Klarheit. Sie wollte ihn verstehen! Und instinktiv spürte sie, daß der Schlüssel zu seinem Wesen in seiner Vergangenheit lag. »Du bist wahrscheinlich froh, daß du dein Geschäftsbuch zurück hast.«

»Warum sollte ich nicht froh sein?« Er sah zur Seite. »Der Eisenbahnbau wird termingerecht durchgezogen, und ich bin für alles verantwortlich.«

»Und was ist mit diesem Mr. Lassiter?«

»Ich kann mir nicht vorstellen, wie er mir jetzt noch etwas anhaben könnte. Vermutlich wird er die Stadt bald verlassen.«

»Einfach aufgeben? Glaubst du das wirklich?«

Er rupfte einen Grashalm aus und ließ ihn geistesabwesend durch seine Finger gleiten. »Da ich das Geschäftsbuch wieder habe, verschwende ich kaum noch einen Gedanken an ihn.«

»Aber geht das denn, einfach jemanden aus deinem Kopf verdrängen und nie wieder an ihn denken?«

»Ich habe vor langer Zeit gelernt, daß das die einzige Möglichkeit ist, zu überleben.«

Sie hatte immer gewußt, daß er ein harter Mann war, aber in diesem Moment wurde ihr plötzlich klar, daß sie sich in späteren Jahren nur noch an seine Zärtlichkeit und seine Leidenschaft erinnern würde. Irgendwie schien es ihr jetzt, in diesem jähen Bewußtsein, nicht mehr zu genügen, nur zu wissen, was er war. Sie wollte wissen, wie er gestern gewesen war, wie er morgen sein würde. Impulsiv sagte sie: »Erzähl mir von dir. Erzähl mir etwas von deinem Leben, als du ein kleiner Junge warst.«

Ihre Frage überraschte ihn, bis ihm ihr tastendes Interesse vor einigen Nächten wieder einfiel . . . und das Kind, das in ihr wuchs.

O Gott, er wollte nicht über sich sprechen! Er haßte die Erinnerung an das Elend und den Schmerz jener Jahre. Aber sie hatte gefragt, und sie hatte ein Recht darauf, die Antwort zu hören.

Eine Weile sagte er nichts, und als er sprach, kamen die

Worte zögernd und langsam. »Ich schätze, man könnte sagen, mein Zuhause war ein schäbiges kleines Zelt in einem Goldgräberlager in Nevada. Im Winter blies der Wind durch die Risse und ließ die Bahnen flattern. Im Frühling peitschte der Regen hinein wie eiskalte Nadelspitzen.«

»Dein Vater war also ein Goldgräber?«

»Er war ein Spieler, der sich während der ersten sieben Jahre meines Lebens immer mal wieder blicken ließ und dann völlig von der Bildfläche verschwand. Meine Mutter war eine Prostituierte, die den Goldgräbern zur Verfügung stand.« Er lächelte bitter. »Ich war ein Bastard.«

Anna versetzte es einen Stich, als sie an den verlassenen kleinen Jungen dachte, der er damals gewesen war. Ihre überstürzte Heirat in der vergangenen Nacht hatte sie schockiert und verwirrt, aber jetzt konnte sie ihn besser verstehen. Er hatte verhindern wollen, daß auch sein Kind als Bastard aufwuchs; er hatte ihm seinen Namen geben wollen.

Wes fuhr fort: »Ich erinnere mich daran, jede Nacht hungrig auf kalten, schmutzigen Böden eingeschlafen zu sein, weil es niemanden gab, der mich ins Bett brachte. Im Camp gab es Hunde, die besser behandelt wurden als ich. Später merkte ich, daß meine Mutter opiumsüchtig war.«

Anna sah ihn mit einem Ausdruck in den Augen an, den er noch bei keinem Menschen gesehen hatte, wie er erstaunt bemerkte. In den klaren blauen Tiefen lagen Trauer und Mitleid, Gefühle, die nur ihm galten, und irgend etwas, das er nicht benennen konnte, regte sich in seinem Herzen. »Ich habe früh gelernt, auf eigenen Beinen zu stehen, Anna, und ich habe gelogen, betrogen und meinen Charme eingesetzt, um mich durchs Leben zu schlagen.« Er machte eine Pause. »Das wolltest du doch wissen, nicht wahr? Wie ich zu dem wurde, der ich heute bin.«

»Ja.«

»Jetzt weißt du es. Und noch etwas solltest du wissen. Bis

ich dich sah, habe ich nie einen Sinn in meinem Leben entdecken können.«

Ihr Herz schlug schneller. »Was meinst du damit?«

»Ich dachte, das Leben wäre überall so wie in dem Goldgräberlager, in dem ich aufgewachsen bin – roh, gemein, häßlich und dunkel. Vor dir gab es nie etwas, das mich von dieser Überzeugung hätte abbringen können. Aber du . . .« Seine Hände krampften sich um den Grashalm. »Du warst wie ein helles Licht, das meine Finsternis durchdrang. Deshalb habe ich alles darangesetzt, dich zu bekommen.«

»Indem du mich erpreßt hast.«

»Hättest du denn sonst je etwas mit mir zu tun haben wollen?«

Sie dachte an einen Wesley, der ihr zu Hause höfliche Besuche abgestattet und sich mit ihrem Vater unterhalten hätte. Sie versuchte, ihn sich auszumalen als ganz normalen Verehrer, der sie zu Picknicks begleitete, nachmittags mit ihr eine Wagenfahrt unternahm, gelegentlich vielleicht bei ihr und ihrem Vater zu Abend aß. Es gelang ihr nicht einmal, sich auch nur ein schwaches Bild zu machen, und sie wußte, daß er recht hatte. Hätte er sich ihr auf andere Art und Weise genähert, würde sie ihn zweifellos abgewiesen haben. Er hatte sie mit der einzigen Methode errungen, die ihm wirkungsvoll erschienen war.

»Nun, Anna?«

»Ich wünschte, du hättest es anders versucht.«

Er begegnete ihrem Blick. »Das wünschte ich auch.«

Plötzlich fühlte er sich merkwürdig verwundbar und sah hastig zur Seite. Ein orange-goldener Schmetterling umflatterte eine Gruppe lavendelblauer Disteln und ließ sich dann auf einer der fiedrigen Blüten nieder. Soviel Schönheit, dachte Wes. Und soviel Schmerz. Noch nie hatte er einem Menschen erzählt, was er eben Anna erzählt hatte. Er fühlte sich wie ein Chirurg, der soeben zum Skalpell gegriffen, etliche Schichten Haut abgetragen und all das Elend bloßgelegt hatte, das er sein Leben lang tief im Innersten verborgen gehalten hatte.

»Es ist schon gut, Wesley«, sagte Anna leise.

*Sie weiß, wie mir zumute ist.* Verwundert und bewegt streckte er seine Hand aus, getrieben von dem Wunsch, sie zu berühren, ihr vielleicht ein wenig näherzukommen. Als ihm klarwurde, was er tat, zog er den Arm hastig zurück.

Der Schmetterling verließ sein Blütenblatt und schwebte über Annas Schulter. Leicht wie ein Windhauch landete er. Sie neigte den Kopf, um ihn zu betrachten. Der Schmetterling fächelte ihr mit einem Schwingen seiner zarten Flügel Luft zu, erhob sich wieder in die Luft und tauchte in die goldene Fülle einer Butterblume ein. Anna lächelte, während sie ihm nachsah.

Sie wird eine liebevolle und zärtliche Mutter sein. Das Kind – sein Kind – wird sehr glücklich werden, dachte Wes.

»Wann wirst du deinem Vater von dem Kind erzählen, Anna?«

Sie zuckte zusammen und starrte ihn an. Ihr war bewußt, daß er nur von dem Kind, nicht von ihrer Heirat gesprochen hatte. Es schien, als wäre ihre Ehe ohne jede Bedeutung für ihn. »Überhaupt nicht.«

Er runzelte die Stirn. »Ich verstehe nicht . . .«

»Ich bin kein ganz so großer Dummkopf, wie es vielleicht den Anschein hat«, fiel sie ihm ins Wort. »Durch die letzte Nacht hat sich nichts geändert, Wesley, das wissen wir beide.«

Jäher Schmerz durchzuckte ihn. Er wandte den Blick ab und griff blindlings in eine kleine Gruppe Löwenzahn. Die Stengel brachen unter seinen Fingern.

Weder erhoffte noch erwartete Anna eine gemeinsame Zukunft mit ihm, und das konnte er ihr kaum zum Vorwurf machen. Er hatte immer nur von ihr genommen, nie etwas gegeben. Nun mußte er sich der unerfreulichen Tatsache stellen, daß es Dinge gab, die man sich nicht einfach nehmen konnte. Unter anderem konnte er Anna nicht zwingen, den Rest ihres Lebens mit ihm zu teilen.

Er ließ die verstümmelten Überreste der Blumen zu Boden fallen und griff nach den Butterblumen, die in Annas Hand lagen. Statt ihr Haar wie sonst hochzustecken, hatte sie es heute nur mit einem schwarzen Band im Nacken lose zusammengebunden und ließ die üppige Flut wie einen goldenen schimmernden Wasserfall über ihren Rücken wogen. Er beugte sich vor und steckte eine Blume behutsam hinter ihr Ohr.

Seine Hände streiften ihre Haut nicht einmal, aber Anna spürte seine Wärme, als sein Gesicht sich ihrem näherte und seine Hand an ihrer Wange vorbeiglitt.

»Ich gehe fort«, sagte sie.

Wes erstarrte. »Wann hast du dich dazu entschlossen?«

»Ich glaube, fast im ersten Moment, als ich erkannte, daß ich schwanger bin. Es ist die einzige Möglichkeit.«

Anna hatte den Eindruck, daß das Schweigen, das sich über sie senkte, einen dunklen Schatten auf das sonnenbeschienene Idyll der Wiese warf.

Mit einer Abruptheit, die Anna überraschte, stand Wes auf und griff nach seinem Hut. »Ich muß zurück in die Stadt.« Nach ein paar Schritten blieb er stehen und wandte sich um. Den Kopf leicht vorgeneigt, strich er mit der Hand über die Hutkrempe. In seinem Blick, der den ihren suchte, spiegelte sich eine Vielzahl von Empfindungen wider – Feindseligkeit, Trauer, Zorn und eine seltsame Gleichgültigkeit. »Kommst du heute abend zu mir?«

Der orange-goldene Schmetterling schwebte über vier Blumen hinweg, bevor sie eine Antwort flüsterte. »Ich weiß es nicht.«

Wes nickte kurz, drehte sich auf dem Absatz um und entfernte sich.

Während sie ihm nachsah, tastete sich ihre Hand zu der schmalen Kette, die sich unter dem zarten Stoff ihres Kleids abzeichnete, und glitt an ihr hinunter bis zu der Stelle, wo sein Ring an ihrer Brust geborgen lag. Ihr Körper hatte das Metall erwärmt, und als sie geistesabwesend den Ring an ihre weiche Haut preßte, spürte sie Wesleys eingravierte Initialen wie ein Brandzeichen in ihrem Fleisch.

»Du hast noch immer nichts dazugelernt, was?« Briannes ruhig ausgesprochene Frage hallte klar durch den Raum bis zu dem apfelgrünen kleinen Sofa und dem Mann, der darauf saß. »Dein Haß auf Wes McCord hat uns fast das Leben gekostet, und jetzt bist du drauf und dran, dich seinetwegen wieder in Gefahr zu begeben.«

»Irgend jemand muß ihn aufhalten.« Die harten Linien in Sloans Gesicht traten kraß hervor. »Und wer könnte es besser als ich?«

»Jeder, um Himmels willen!« Seine verschlossene Miene verriet ihr, daß ihre Worte ihn nicht erreichten. »Sloan, wir wären draußen im Canyon beinahe umgekommen. Gibt dir das denn gar nicht zu denken?«

»Es gibt mir nur einen weiteren Grund, diesen Mann zu hassen.«

Sie durchquerte das Zimmer und setzte sich neben ihn. »Wie kannst du größeren Wert auf etwas legen, das sich vor fünfzehn Jahren ereignet hat, als auf unsere gemeinsame Zukunft?«

»Die Sache mit McCord hat nichts mit unserer Zukunft zu tun.«

»Ach, tatsächlich?«

»Im Moment besteht für uns keine Gefahr. Da Wes das verdammte Geschäftsbuch wieder hat, wird er in mir kaum noch eine Bedrohung sehen.« Er lächelte verächtlich. »Und wenn er schließlich herausfindet, wie sehr er sich täuscht« –

er zuckte die Achseln – »nun, darauf kommt es dann nicht mehr an. Er wird alles verlieren, und ich bezweifle, ob er danach noch die Kraft zum Weiterkämpfen haben wird.«

»Wenn ich dir doch nur begreiflich machen könnte, wie falsch du dich verhältst! Warum gehst du nicht einfach zu ihm und sprichst mit ihm über Davids Tod?«

»Reden wäre zwecklos.« Die Sorge in ihren Augen fiel ihm auf, und er griff nach ihren Händen. »Hör zu, Brianne, ich weiß, daß du mich nicht verstehst, aber ich möchte dir eine Frage stellen. Was würdest du tun, wenn die Grimes-Brüder Patrick getötet hätten?«

»Ich würde ihnen bis zu meinem letzten Atemzug auf den Fersen bleiben.«

Er lächelte schief. »Eben.«

Einen Moment lang kämpfte sie mit sich, bevor sie mit einem Seufzer nachgab. »So habe ich es bis jetzt nicht gesehen, und ich kann dich jetzt etwas besser verstehen. Aber, verdammt, Sloan, ich finde es immer noch nicht gut.«

»Und ich wäre auch nicht begeistert, wenn du dich auf die Jagd nach drei Männern machen würdest, aber ich muß es einfach durchziehen, Brianne. Die Sache geht bestimmt gut, glaub mir. Ich brauche nur zwei Telegramme aufzugeben, das ist alles. Und es wird keine Gewalt geben. Zumindest nicht von meiner Seite. Das verspreche ich dir.«

Brianne zog wenig Trost aus seinem Versprechen, aber sie mußte sich damit zufriedengeben. Für den Moment konnte sie nicht mehr erwarten.

Wes' Hand krampfte sich um das Whiskeyglas, das er hielt, als er die Eingangstür aufgehen hörte und dann das Geräusch von Schritten, die sich den Gang hinunterbewegten. Es waren Annas Schritte. Er hatte sie schon viel zu oft gehört, um ihren leichtfüßigen, anmutigen Schritt nicht zu erkennen. Und wie früher bei diesen Gelegenheiten klopfte sein Herz auch jetzt voller Vorfreude auf ihr Erscheinen. Der heutige Abend jedoch würde sich von allen vorhergegangen unterscheiden.

Die Schritte verharrten vor der Wohnzimmertür, aber er wußte, ihr würde auffallen, daß in dem Raum kein Licht brannte. Die Lampe auf seinem Schreibtisch und die Flammen, die im Kamin flackerten, waren im Augenblick die einzigen Lichtquellen im ganzen Haus.

»Wesley?«

»Ich bin in der Bibliothek.«

Kurz darauf erschien sie in der Tür. »Was tust du hier?«

»Ich mußte noch arbeiten.« In Wahrheit war er unfähig gewesen, sich auf irgendeine Arbeit zu konzentrieren. Seine Gedanken waren stets nur um sie gekreist. »Ich war nicht sicher, ob du kommen würdest.«

»Ich war mir auch nicht sicher.« Selbst jetzt wußte sie nicht, warum sie gekommen war. Fast war es, als hätte sie die Andeutung von Verletzlichkeit, die sie heute nachmittag auf der Wiese an ihm wahrgenommen hatte, magisch zu ihm hingezogen. Und sie hatte das vage Gefühl, daß ihr endgültiger Abschied mehr hätte aussagen müssen.

Wes stellte das Glas ab, stand auf und ging um den Schreibtisch herum. Er streckte die Hände aus. »Komm her.«

Sie zögerte.

»Bitte.«

Sie trat zu ihm. Eine Müdigkeit, die sie nie an ihm erlebt hatte, schien in seiner Stimme und Miene zu liegen, und harte Linien hatten sich um seinen Mund eingegraben.

»Setz dich.«

»Ich soll mich setzen?« fragte sie verwirrt. Irgend etwas stimmte nicht. Wesley war an den Abenden, an denen sie zu ihm kam, nie in seinem Arbeitszimmer. Und wenn sie erst einmal bei ihm war, verschwendeten sie gewöhnlich keine Zeit mit Reden. Wes hatte es immer viel zu eilig, mit ihr nach oben zu gehen, sie auszuziehen und in sein Bett zu bekommen.

Er wies mit der Hand auf einen zierlichen Sessel beim Schreibtisch. »Bitte. Ich habe etwas für dich.«

Sie nahm auf dem Sessel Platz. »Wesley, du weißt, daß ich keine Geschenke von dir annehme. Darüber haben wir schon oft genug gesprochen.« Ein verräterischer Gedanke durchzuckte sie. Nur dieses eine Mal würde sie gern ein Geschenk von ihm behalten, etwas, das sie in späteren Jahren herausnehmen und betrachten könnte, eine Erinnerung an ihn. Noch im selben Moment wurde ihr bewußt, daß sie ihn nie vergessen würde.

»Dieses eine Geschenk wirst du gerne annehmen.« Er nahm eine Metallkiste aus der untersten Schublade, stellte sie auf den Tisch und zog einen Schlüssel aus der Hosentasche. Es dauerte nur einen winzigen Moment, bis er die Kiste geöffnet hatte. Er klappte den Deckel auf, griff nach einigen Papieren und reichte sie Anna.

Sie starrte ihn überrascht an. »Das sind ja die Schuldscheine meines Vaters!«

Er lehnte sich an den Schreibtisch und verschränkte die Arme. »Jetzt gehören sie dir.«

»Das verstehe ich nicht. Du kommst mitten in der Nacht zu mir und forderst sie zurück, nur um sie mir jetzt zu schenken?«

»Ich gebe dich frei, Anna.«

Verwunderung erfüllte sie, dann Schmerz. »Warum?« brachte sie heraus.

Wes wandte den Blick ab. Er hätte wissen müssen, daß sie eine Erklärung verlangen würde. Aber es war ihm unmöglich, seine Gründe auszusprechen. Seine Motive waren zu kompliziert, zu sehr mit Qual und Schuld beladen.

»Wesley . . . ich weiß wirklich nicht, was ich sagen soll. Das kommt völlig unerwartet.«

Er lächelte ein wenig traurig, und sein Blick glitt mit

seltsam sehnsüchtigem Verlangen über ihr helles Haar. »Du brauchst nichts zu sagen.«

Er nahm ihr die Schuldscheine aus der Hand, trat an den Kamin und warf sie auf die knisternden Holzscheite. Sofort griff das Feuer auf das Papier über, und die Flammen begannen es zu verzehren. Bald waren von den verhängnisvollen Schuldscheinen, die Anna gefangengehalten hatten, nur noch winzige Stücke verkohlten Papiers geblieben, die in einem roten Funkenregen in den Schornstein gewirbelt wurden, zart und zerbrechlich wie die Flügel des Schmetterlings, den sie erst vor wenigen Stunden beobachtet hatten.

Wes starrte ins Feuer. »Ich möchte dich noch um eins bitten. Natürlich muß du mir diesen Wunsch nicht erfüllen.«

»Was für einen Wunsch?«

Er hob den Kopf und sah sie über die Schulter hinweg an. Dann drehte er sich um. »Gehst du noch ein letztes Mal mit mir nach oben?«

Das jähe Verlangen, das in ihr aufstieg, versetzte Anna einen Schock. Ohne noch länger mit Drohungen erpreßt zu werden, stand es ihr frei, aufzustehen und das Haus zu verlassen. Aber sie wußte plötzlich, daß sie nicht gehen würde. Nur aus diesem Grund war sie gekommen – um die Bitterkeit auszulöschen, die immer zwischen ihnen existiert hatte.

Und um Lebewohl zu sagen.

Sie sah in seine Augen. »Ja.«

*Zum letztenmal*. Die Worte echoten in Wes' Kopf, als er die Nadeln aus Annas Haar zog und die seidigen Locken schimmernd über ihren Rücken fluten sah.

*Zum letztenmal*. Die Worte ließen Anna nicht mehr los, während sie ihr Haar über die Schulter warf, damit er ihr Kleid aufknöpfen konnte.

Ihre Kleider wurden ohne Hast abgelegt; Küsse wurden getauscht, die endlose Minuten andauerten. Mit schlafwandlerischer Sicherheit bewegten sie sich, berührten sie einander, flossen ihre Körper einander entgegen. Und selbst als sie schließlich auf dem Bett lagen, empfand keiner von ihnen Ungeduld.

Wes fielen die blauen Flecken auf, die er ihr in jener Nacht auf der Lichtung zugefügt hatte.

»Sie werden mit der Zeit verblassen«, wisperte sie, während sie mit den Fingern durch sein Haar strich.

»Aber es hätte nie geschehen dürfen.« Seine Lippen streiften die Male auf ihrer Haut, als ob er sie durch seine Berührung heilen könnte. »Etwas so Vollkommenes zu verunstalten, kommt einem Sakrileg gleich.«

Sie lachte leise. »Ich bin nicht vollkommen.«

Sein Mund wanderte zu ihrer Brust. »Mach dir keine Vorwürfe. Wegen nichts von alldem, was passiert ist. Alles war von Anfang an allein meine Schuld.«

Hitzewogen durchströmten sie. »Wirklich? Ich weiß es nicht . . .«

»Glaub mir, nur dieses eine Mal.«

»Aber –«

»Psst.« Seine Lippen umschlossen die zarte rosige Spitze ihrer Brust.

Schweigen senkte sich über sie.

*Nie*, dachte er, *werde ich diesen Geschmack vergessen, so süß und so weiblich.*

*Nie*, dachte sie, *werde ich den Duft seines Körpers vergessen, so ursprünglich und männlich.*

Seine Hand liebkoste die andere Brust.

*Nie wieder*, dachte er, *werde ich die erregende Erwartung empfinden, bald in ihr sein zu dürfen.*

*Nie wieder*, dachte sie, *werde ich voller Sehnsucht darauf warten, von ihm erfüllt zu werden.*

Seine Lippen glitten über ihren Bauch und kosteten die samtige Glätte ihrer Haut aus.

*Heute nacht*, dachte er, *gehört sie noch einmal mir, und an dieser Erinnerung werde ich mich mein ganzes Leben lang festklammern müssen.*

*Heute nacht*, dachte sie, *werde ich mich weder gegen ihn noch gegen mich selbst wehren. Ich werde mich ganz meinen Gefühlen und meiner Lust hingeben und alle Schuld und Angst vergessen.*

Nie wieder würde es Nächte geben, in denen er sie halten, sich in ihr bewegen würde. Ihr Schmerz drohte sie zu überwältigen, aber sie verdrängte ihn, entschlossen, diese letzte Liebesnacht mit ihm nicht zu zerstören.

Seine Zärtlichkeit war größer denn je.

Ihre Hingabe war vollkommen.

Sein Mund war weiter nach unten gewandert und küßte die sensibelsten Stellen ihres Körpers. Unter jeder Berührung seiner Lippen erbebte sie in wilder Ekstase, und flammendes Begehren loderte in ihr auf.

Sie umklammerte seine Schultern und brach mit einem einzigen Wort das Schweigen. »Bitte!«

Noch nie hatte er Gefühle von solcher Tiefe erfahren. Er hielt sie fest in den Armen und drang in sie ein.

Sie ließ sich von den Wogen der Leidenschaft davontragen, eins geworden mit ihm in einer kaleidoskopartig schillernden Nähe, deren vielschichtige Facetten sie verwirrten.

Sein Kopf war neben ihrem; ihre Wangen berührten sich.

Er spürte die Tränen auf seinem Gesicht und glaubte, es wären seine.

Sie spürte die Tränen auf ihrem Gesicht und glaubte, es wären ihre.

Jeder war so überwältigt von den Qualen dieses Abschieds, daß keiner von ihnen sich bewußt war, daß ihre Tränen sich vermischten.

# 9

Lars Nilsen stieß einen wohligen Seufzer aus. »Dein Apfelkuchen ist genausogut wie der von deiner Mutter, Anna.«

»Danke, Papa.«

»Und die Fleischpastete – köstlich!«

Anna räumte das Geschirr ab und stellte es neben die Spüle. Sie lehnte sich an die Wand und senkte den Kopf. Mein Gott, sie hatte solche Angst vor den nächsten Minuten. Irgendwo in ihrem Inneren mußte sie den Mut und die Kraft finden, ihrem Vater mitzuteilen, daß sie die Stadt verlassen würde. Vermutlich fiel es ihr sogar schwerer, es ihm zu sagen, als dann tatsächlich zu gehen, denn sowie sie einmal in der Postkutsche saß und der Stadt den Rücken zuwandte, würde sie den Schmerz und die Ratlosigkeit in seinen Augen nicht mehr sehen können. Aber heute abend mußte sie ihm offen in die Augen sehen.

Er würde verletzt sein und verwirrt. Und er würde sie nicht verstehen, da sie nicht die Absicht hatte, ihm von dem Kind zu erzählen. Dieses Wissen könnte ihn töten. Der einzige Trost, den ihr Entschluß ihr gab, bestand darin, daß es so am besten für ihn wäre.

Sie hörte, daß ihr Vater seinen Stuhl zurückschob und aufstand. Anna schloß die Augen und holte tief Luft. »Ich gehe fort, Papa.«

»*Was?*«

Sein Schock traf sie wie ein Messer. »Ich – ich nehme in zwei Tagen die Postkutsche. Und ich komme nicht zurück. Ich –«

»Aber was ist mit dem Baby?«

Den Bruchteil einer Sekunde blieb sie wie erstarrt stehen. Dann wirbelte sie herum und sah den Gesichtsausdruck ihres Vaters – ungläubiges Entsetzen, als ob er selber nicht fassen könnte, daß ihm diese Worte entschlüpft waren. »Du weißt es«, flüsterte sie.

Er wich ihrem Blick aus und wandte sich zur Tür.

»Warte!« Sie stürzte auf ihn zu und packte ihn am Arm. »Du weißt es!« Ihr Verstand schien diese Tatsache nicht aufnehmen zu wollen.

Einen Moment lang blieb er aufrecht stehen, dann sanken seine Schultern nach unten, und ohne sie anzusehen, nickte er.

Ein Gedanke durchzuckte sie, ein Gedanke, der so unerträglich war, daß sie das Gefühl hatte, als wäre ein scharfes, zackiges Messer mitten durch ihr Herz gefahren. »Was weißt du noch?«

»Tochter . . . ich . . .«

Ihre Hand fiel wie betäubt von seinem Arm. »O mein Gott.« Ihre leisen Worte waren von blankem Entsetzen erfüllt. »Du weißt alles.«

Er hob eine Hand. »Anna –«

»Seit wann, Papa? Seit wann weißt du, daß Wesley McCord mich mit deinen Schuldscheinen unter Druck setzt?«

»Fast von Anfang an«, gestand er unglücklich.

Ihr war kalt, eiskalt. Sie schlang beide Arme um sich, um ihrem Körper ein wenig Wärme zu geben. »Du wußtest, was ich tat, um dich zu schützen, und hast nichts getan, um mich daran zu hindern?«

»Wie denn?« fragte er und sah sie um Verständnis flehend an. »Ich hätte doch alles verloren.«

Sie konnte den Blick nicht von ihrem Vater wenden, aber sein Bild verschwamm vor ihren Augen. Tränen strömten unaufhaltsam über ihr Gesicht.

»Hast du nie daran gedacht, was ich verloren habe, Papa? Meine Selbstachtung, Teile meiner Seele. Um Gottes willen,

Papa, ich bin dein Fleisch und Blut! Ich bin deine Tochter! Ein Wort von dir hätte gereicht, um mich zu schützen.«

»Anna, versuch doch, mich zu verstehen«, sagte er bittend. »Du bist jung, ich nicht. Ich habe meine Heimat verlassen, um hier ein neues Leben aufzubauen. Ich könnte nicht noch einmal ganz von vorn anfangen.«

Sie schüttelte langsam den Kopf, immer wieder. Ohne sich dessen bewußt zu sein, wich sie Schritt für Schritt von ihm zurück. »Es war also alles umsonst«, murmelte sie. »Alles umsonst.«

»Bitte . . .«

Ein Schluchzen entrang sich ihrer Kehle. »Nicht Wesley hat mich zur Hure gemacht, du warst es Papa. Du . . .« Undeutlich nahm sie wahr, daß ihr Vater eine Bewegung machte, als wollte er sie berühren. Sie wich einen weiteren Schritt zurück. Sie konnte es nicht ertragen, jetzt von ihm berührt zu werden. Sie drehte sich abrupt um und rannte aus der Küche.

Sie rannte die Treppe hinunter, aus dem Laden heraus, den Pfad entlang, ohne zu wissen, wohin sie lief, ohne sich darum zu kümmern. Sie rannte. Ihre Haarnadeln lösten sich und fielen zu Boden. Sie rannte. Dornensträucher und Äste rissen an ihrem Kleid. Sie rannte. Sie stolperte und richtete sich wieder auf. Sie rannte. Ihre Seite schmerzte. Sie rannte und rannte und rannte.

Wesley hatte sein Pferd im Stall untergebracht und wollte gerade ins Haus gehen, als er sie sah. »Anna?« rief er. Sie achtete nicht auf ihn. Er starrte ihr besorgt nach. Sie rannte, als ginge es um ihr Leben. Was zum Teufel war geschehen?

Er folgte ihr und hatte sie nach einigen schnellen, weitausholenden Schritten eingeholt. Er erreichte Anna, als sie vor dem Ufer des Sees stand, und riß sie zurück.

»Anna, um Himmels willen –«

Anna spürte, daß Arme sie umschlangen, Arme, die versuchten, sie zurückzuhalten, sie zum Stehenbleiben zu zwingen und die Erinnerung an einen Schmerz zurückzurufen, den sie nicht ertragen konnte. Wie eine Wahnsinnige kämpfte sie gegen diese Erinnerung an.

»Anna!« Sie wand sich in seinen Armen, schlug mit den Fäusten auf ihn ein. Aber ein Blick auf ihr blutleeres Gesicht und die leeren Augen verriet ihm, daß sie ihn nicht erkannte. Offensichtlich hatte sie einen furchtbaren Schock erlitten, und ihre Qual richtete sich jetzt gegen ihn. »Hör auf, Anna. Ich bin es, Wes. Was ist passiert? Wer hat dir etwas getan?«

Wildes Schluchzen beantwortete seine Fragen. Er hob sie in die Arme und trug sie den Weg zurück, den sie gekommen waren. Sie stieß und schlug nach ihm, aber Wes hielt sie fest an sich gepreßt. Irgend jemand würde dafür bezahlen, dachte er grimmig, während er einen Grund für ihren inneren Aufruhr zu finden versuchte.

Als sie sein Haus erreichten, war sie in seinen Armen erschlafft, und ihr Schluchzen war zu einem leisen Wimmern geworden. Er trug sie nach oben ins Schlafzimmer und legte sie behutsam auf das Bett. Er setzte sich neben sie und strich ihr das Haar aus dem Gesicht. »Willst du mir nicht erzählen, was passiert ist, Anna?«

Sie sah zu ihm hinauf. »Mir ist so kalt«, wisperte sie.

Er streifte ihr Kleid ab und hüllte sie in eine warme Decke. Dann legte er sich neben sie und schloß sie in die Arme. Lange Zeit hielt er sie an seinem Körper gebettet und versuchte, sie zu wärmen. Er strich über ihr Haar, küßte ihr Gesicht und tröstete sie mit leise gemurmelten Worten.

Er wußte nicht, wieviel Zeit verstrichen war, als er sie mit erstickter Stimme sagen hörte: »Er wußte es.«

»Wer wußte es, Anna?«

»Mein Vater. Die ganze Zeit. Er wußte alles . . . von Anfang an.«

Sie sprach so leise und tonlos, daß er im ersten Moment

nicht sicher war, sie richtig verstanden zu haben. »Was? Du meinst, er wußte über dich und mich Bescheid?«

»Und über das Baby.«

»Aber warum hat er nichts gesagt? Zu mir oder zu dir? Mein Gott, dieser erbärmliche Kerl!« Wie konnte ihr Vater ihr so etwas antun? fragte er sich mit wachsendem Zorn.

»Er war der einzige Mensch in der Welt, von dem ich glaubte, daß ich ihm vertrauen könnte«, flüsterte sie mehr zu sich selbst. »Aber er hat mich genauso benutzt wie du.«

Wes zuckte zusammen, als hätte ihm jemand einen Schlag mit der Faust versetzt. Gerade noch hatte er sich gefragt, wie Nilsen zulassen konnte, daß Anna in eine so verzweifelte Lage geriet. Aber er selbst war es gewesen, der alles verschuldet hatte.

Sie hatte zwischen ihm und ihrem Vater wie in einer Falle gesessen, und auch jetzt konnte er ihr keinerlei Schutz bieten.

»Es . . . es tut mir leid«, brachte er heraus. »Es tut mir so verdammt leid. Versuch, im Moment nicht daran zu denken. Ruh dich ein bißchen aus.«

»Ich komme einfach nicht darüber weg, daß er mir so etwas antun konnte.«

Wes überlegte fieberhaft, womit er sie ablenken könnte, aber das erste, was ihm einfiel, überraschte ihn selbst. »Erinnerst du dich noch, was ich dir über das Camp erzählt habe, in dem ich aufgewachsen bin? Weißt du, da gab es einen alten Trinker, der mir immer Geschichten über seine Zeiten als Trapper und seine Kämpfe mit den Indianern erzählte. Je mehr er getrunken hatte, desto besser wurden seine Geschichten. Und manchmal, wenn die Kälte, der Hunger oder die Einsamkeit so schlimm wurden, daß ich es nicht mehr aushielt, schlich ich mich in die Bar, um eine Flasche Whiskey für ihn zu klauen. Er trank und redete, und ich hörte zu und vergaß alles andere . . . für eine kleine Weile.« Er lachte leise in sich hinein. »Je tiefer er sich in eine

Geschichte verwickelte und je leerer die Flasche wurde, desto mehr Indianer tauchten in den Kämpfen auf. Und die Tiere, die er in seinen Fallen fing, wurden immer wilder und gefährlicher. Ich erinnere mich an eine Geschichte . . .«

Während er weitersprach, schmiegte sich Anna an seine Schulter und legte eine Hand auf seine Brust. Sie lauschte seiner leisen Stimme, spürte seine Finger zärtlich durch ihr Haar gleiten und versuchte sich den hungrigen, vernachlässigten kleinen Jungen von damals vorzustellen, dessen einzige Flucht aus seinem elenden Leben die Geschichte eines alten Trinkers gewesen waren.

Sie wußte, wie schwer es ihm fallen mußte, die Erinnerungen an seine Kindheit heraufzubeschwören und sich von den Leiden der Vergangenheit einholen zu lassen. Aber noch nie in ihrem Leben hatte sie das Gefühl, behütet und beschützt zu werden, so sehr gebraucht wie jetzt, und er schien es zu wissen.

Seine Sicherheit umgab sie wie ein Mantel, der sie vor einem Leid, wie sie es soeben erfahren hatte, beschützte. Bei ihm fühlte sie sich geborgen – und zwar schon seit langem, wie ihr plötzlich klar wurde.

Und in diesem Moment begriff sie auch, warum. Er hatte sie weder belogen und getäuscht noch ihr je falsche Versprechungen gemacht. Er war immer absolut aufrichtig zu ihr gewesen.

Die ganze Nacht hindurch schlief sie an seiner Seite, und jedesmal, wenn sie aus dem Schlaf aufschreckte, war er bei ihr, liebevoll und um sie besorgt.

Irgendwann weckte sie das fahle Licht der Dämmerung. Sie sah zu Wes. Auch er war schließlich eingeschlafen. Sie hob den Kopf und betrachtete seine harten Züge mit einer ganz neuen Erkenntnis, die sie mit überwältigender Klarheit getroffen hatte.

Sie liebte ihn.

Er war kein guter Mann. Er war ein gefährlicher Mann. Aber er war ihr Mann.

Und sie wußte, daß sie ihn ihr Leben lang lieben würde.

Warmes Sonnenlicht flutete durch das Fenster und fiel auf Annas Gesicht. Wieder erwachte sie mit dem köstlichen Gefühl, von Wärme und Schutz umfangen zu sein. Unter ihrem Ohr hörte sie einen kräftigen, regelmäßigen Herzschlag, und sie wußte, daß sie zum erstenmal eine ganze Nacht mit Wesley verbracht hatte.

Diese Nacht hatte ihr Schock, Entsetzen gebracht und einen Aufruhr der Gefühle verursacht. Erst die Entdeckung, daß ihr Vater sie verraten hatte, dann das zögernde Eingeständnis, daß sie Wesley liebte.

Würde sich dadurch etwas an ihrem Entschluß, die Stadt zu verlassen, ändern? Die Antwort lautete nein. Es war nicht möglich.

Er hatte sie die ganze Nacht in den Armen gehalten und hielt sie noch.

Er hatte ihrem Kind seinen Namen gegeben, aus Gründen, die vermutlich nicht einmal ihm selbst völlig begreiflich waren.

Aber eins war sicher – er liebte sie nicht.

Sie glitt aus seinen Armen und setzte sich auf die Bettkante. Sie trug nur ihr Unterhemd, und ihr fiel wieder ein, daß Wesley ihr das Kleid ausgezogen und sie in eine Decke gehüllt hatte.

»Sag mir, was du brauchst, dann bringe ich es dir«, hörte sie ihn sagen.

Sie wandte sich ihm zu. Er lag unverändert in der Stellung, in der er die ganze Nacht an ihrer Seite verbracht hatte. Gerade als ihr durch den Kopf ging, daß er sich steif fühlen müßte, hob er beide Arme über den Kopf und streckte sich. »Ich brauche nichts . . . nur mein Kleid. Ich muß nach Hause.«

Er ließ die Arme sinken. »Nach allem, was er dir angetan hat, gehst du zu deinem Vater zurück?«

Sie nickte.

»Ich will nicht, daß man dir weh tut, Anna.«

Welche Ironie, dachte sie bitter, wo doch gerade die Tatsache, daß er sie nicht liebte, am meisten schmerzte. »Ich muß meine Sachen packen«, sagte sie ruhig. »Morgen verlasse ich die Stadt.«

Er stand abrupt auf und kam zu ihr. »Geh nicht.«

Sie runzelte verwirrt die Stirn. »Ich habe dir doch gesagt, daß ich meine Sachen –«

»Ich meine, du sollst die Stadt nicht verlassen. Bleib bei mir.«

»Ich verstehe nicht . . .«

Er machte eine ungeduldige Handbewegung. »Komm in mein Haus. Als meine Frau. Und warum auch nicht? Wir sind verheiratet.«

»Wirklich?« fragte sie leise, während ihre Hand nach der Kette tastete, die noch immer um ihren Hals hing. Ohne diesen Ring zwischen ihren Brüsten hätte sie beinahe schwören können, daß ihre Trauung nie stattgefunden hatte.

»Es gibt keinen Grund für dich, die Stadt zu verlassen, Anna.« Er fuhr sich durchs Haar. »Du kannst kaum darauf hoffen, dich und das Kind durchzubringen. Und selbst wenn du irgendwo eine Arbeit findest, wer soll sich dann um das Kind kümmern? Du müßtest es anderen . . .« Er brach ab und zuckte die Achseln. »Die Vorstellung, daß mein Kind allein gelassen wird, gefällt mir nicht.«

Sie trat zu ihm und berührte leicht seinen Arm. »Dieses Kind wird bestimmt nicht vernachlässigt.« Sie griff nach ihrem Kleid, das über einem Stuhl hing, und streifte es über. »Ich bin das alles so leid, Wesley. Was ich gestern erfahren habe, macht es mir unmöglich, bei meinem Vater zu bleiben. Und ich glaube nicht, daß ich mit dir leben könnte. Ich möchte mein Kind mit all der Liebe, der ich fähig bin, aufziehen. Hier in diesem Haus existiert keine Liebe.«

»Verdammt, du hast nicht mal Geld! Wie willst du –«

»Nachdem du die Schuldscheine verbrannt hast, kann ich ein wenig von dem Geld nehmen, das ich gespart habe, und mich damit durchschlagen, bis ich mir ein kleines Geschäft als Näherin aufgebaut habe. Wenn das Baby schläft oder mich nicht braucht, kann ich nähen.« Sie wandte ihm den Rücken zu, damit er die Knöpfe schloß, an die sie nicht herankam.

»Um Babys muß man sich ständig kümmern«, stieß er so hart hervor, daß Anna sofort wußte, daß er an seine eigene Kindheit dachte.

Er knöpfte das Kleid hastig zu, nahm sie dann bei den Schultern und drehte sie zu sich herum. »Du bist meine Frau, Anna. Ich habe einen Trauschein, um das zu beweisen. Mein Baby wächst in deinem Körper. Ich könnte dich zwingen, hier bei mir zu bleiben.«

In ihren blauen Augen lagen ruhige Entschlossenheit und unendliche Trauer. »Nein, Wesely. Die Zeiten, in denen du mich zu etwas zwingen konntest, sind vorbei. Ich werde ein neues Leben für mich und mein Kind anfangen, und in diesem Leben wird es weder Schatten noch Lügen geben.« Sie wandte sich zur Tür. »Lebwohl.«

»Warte!« rief er, aber sie war bereits den halben Weg die Treppe hinunter.

Ihr Vater saß am Küchentisch, als sie hereinkam. Er hing über einer Tasse Kaffee, in denselben Sachen, die er am Vorabend getragen hatte, und wirkte, als hätte er in der Nacht kein Auge zugetan.

»Es wird allmählich Zeit, den Laden aufzusperren«, bemerkte sie, als sie zum Herd ging, um sich eine Tasse Kaffee einzugießen. »Solltest du dich nicht lieber umziehen? Ach ja, damit du es weißt, ich werde heute nicht arbeiten. Ich muß packen. Du solltest so früh wie möglich eine Hilfskraft einstellen.«

Er sah sie nicht an. »Wirst du mir je verzeihen können?«

»Ich weiß es nicht, Papa. Jedenfalls nicht so bald.« Sie nahm einen Schluck Kaffee und fühlte sich sofort von der stärkenden Wirkung neu belebt.

Ihr Vater stand unsicher auf und streckte flehentlich die Hände aus. »Ich wollte dir nicht weh tun, Tochter. Ich hatte gehofft·–«

»Du hast gehofft, alles würde ein gutes Ende nehmen, wie die Märchen, die Mama mir erzählt hat, als ich noch ein kleines Mädchen war. Du hast beschlossen, nicht zur Kenntnis zu nehmen, was mir zustieß. Du hast beschlossen, in einer Art nebulöser Traumwelt zu leben. Tut mir leid, Papa, aber es ist Zeit, aufzuwachen.«

»Mr. McCord ist ein sehr wichtiger und einflußreicher Mann in dieser Stadt. Wenn du ihn geheiratet hättest, wärst du die erste Dame am Ort gewesen. Alle hätten zu dir aufgeblickt.«

»Und dein Laden hätte möglicherweise ebenfalls davon profitiert. Wie konntest du nur so ein Heuchler sein, Papa? Erinnerst du dich nicht mehr, wie oft du mir erzählt hast, was für ›ein schlechter Mensch‹ Wesley wäre?«

Tränen schimmerten in seinen Augen. »Anna, ich liebe dich, wirklich. Seit deine Mama gestorben ist, warst du immer so stark. Ich dachte . . .«

Anna lehnte sich müde an den Herd. All die Jahre über hatte ihr Instinkt sie nicht getrogen. Er brauchte einen Menschen, der sich um ihn kümmerte und ihn beschützte. Erst hatte ihre Mutter für ihn gesorgt, und dann hatte sie die Lücke gefüllt, die nach dem Tod ihrer Mutter entstanden war. Wenn sie die Stadt verließ, würde er jemand anders finden, der ihn unter die Fittiche nahm, vielleicht Mrs. Harcourt.

Bittersüße Gefühle durchströmten sie. Er konnte nicht ändern, was er war, und sie war sich bewußt, daß ein Teil von ihr ihn noch immer liebte. Er war ihr Vater. Aber sie wußte, daß es zwischen ihnen nie wieder wie früher sein würde.

Sie trat zu ihm und gab ihm einen Kuß auf die Wange. »Es ist Zeit, den Laden aufzumachen, Papa. Ich gehe packen.«

Die Tränen flossen jetzt unaufhaltsam aus seinen Augen. »Anna, bitte –«

Sie fiel ihm ins Wort. »Ich kann nicht bleiben, Papa. Ich kann es einfach nicht.«

Im Büro des Sheriffs zerrte Cummings wütend an den Fesseln, die um seine Handgelenke gebunden waren, und starrte Wes finster an. Der Sheriff hatte die beiden Männer allein gelassen und Wes die Erlaubnis gegeben, die Dinge so zu regeln, wie er es für richtig hielt. Selbst der Sheriff hatte Angst vor ihm, ging es Wes durch den Kopf, aber der Gedanke erfüllte ihn nicht mit Triumph.

»Ich hatte nicht damit gerechnet, so lange im Kittchen zu sitzen«, knurrte Cummings. »Haben Sie die Nachricht nicht bekommen, die ich Ihnen durch diesen Trottel von Sheriff schicken ließ?«

»Doch, ich habe sie erhalten.« Wes lehnte sich an den Schreibtisch des Sheriffs.

Cummings schluckte mit Mühe die zornige Erwiderung, die ihm auf der Zunge lag. Noch nicht, dachte er. »Aber Sie holen mich heute doch hier raus, oder?«

»Sie haben Ihren Job nicht ausgeführt.«

»Ich bekomme dieses verdammte Geschäftsbuch, McCord. Bringen Sie mich erst mal hier raus.«

Wes betrachtete seine Stiefelspitzen. »Mir fällt auf, daß Sie Ihre beiden Männer gar nicht erwähnen.«

»Die beiden natürlich auch.« So wie die Dinge sich entwickelten, würde er Hilfe brauchen können.

»Keine Sorge, ich hole Sie hier heraus. Dort ist Ihr Revolvergürtel.« Er deutete auf den Schreibtisch. »Aber Sie müssen etwas für mich tun.«

Dan grinste frech. »Sicher, das Geschäftsbuch. Ich –«

»Ich habe es.«

»Was dann?«

»Verlassen Sie die Stadt. Ab sofort stehen Sie nicht mehr auf meiner Gehaltsliste. Und ich möchte Sie nie wieder in dieser Gegend sehen.«

Dan war wie vor den Kopf geschlagen. Er überlegte kurz. »Ich weiß zuviel, was? Wollen Sie mich deshalb aus der Stadt jagen?«

»Ich will es, weil ich Sie nicht mag.« Wes' Lippen verzogen sich. »Und weil Sie ein Dummkopf sind. Für Leute wie Sie habe ich keine Verwendung.«

»Hören Sie, mit meiner Hilfe kann Sie nichts mehr aufhalten! Ich habe Pläne –«

Wes warf dem anderen ein verächtliches Lächeln zu. »Es ist verdammt schwierig, Pläne auszuführen, während man langsam im Gefängnis verkommt, Cummings. Und genau das wird mit Ihnen passieren, wenn Sie auf meinen Vorschlag nicht eingehen.«

Verdammt! Die Sache entglitt seinen Händen, und in seiner momentanen Lage konnte er kaum etwas dagegen unternehmen. »Für eine bestimmte Summe lasse ich mit mir reden. Sagen wir fünfundzwanzigtausend Dollar.«

»Sie bekommen, was ich Ihnen bis heute an Gehalt schulde, keinen Cent mehr.«

Cummings' Selbstbeherrschung drohte sich aufzulösen. »Kommen Sie, McCord. Was ich verlange, ist doch nur ein Tropfen auf den heißen Stein im Gegensatz zu den Profiten, die Sie machen werden, wenn die Eisenbahn erst mal hier durchgeht. Und schließlich habe auch ich meinen Teil dazu beigetragen, daß alles klappt.«

»Einen sehr kleinen und unbedeutenden Teil.«

Cummings holte tief Luft. »Okay, McCord. Ich wollte es eigentlich nicht erwähnen, aber Sie sollten wissen, daß ich Sie ruinieren kann . . . und noch jemanden, der Ihnen ziemlich nahe steht.«

Wes versteifte sich. »Was soll das heißen?«

»Ich weiß, daß Sie und die hübsche Tochter des Ladenbesitzers ganz schön eng befreundet sind, falls Sie verstehen, was ich meine.« Er sah McCords Anspannung und lächelte befriedigt. »Eines Nachts kam ich zu Ihrem Haus, um ein paar Papiere abzugeben, und sah durchs Fenster. Raten Sie mal, was ich gesehen habe?«

Wes' kalte graue Augen ruhten mit stählerner Härte auf ihm, und er sprach sehr ruhig. »Ich bin mit der betreffenden Dame verheiratet, und ich kann es mit einem Trauschein beweisen. Falls mir auch nur die Andeutung eines Gerüchts zu Ohren kommt, das ihren guten Namen mit Schmutz bewirft, sind Sie ein toter Mann.«

Dan starrte ihn aus geweiteten Augen an. Plötzlich stieg rasende Wut in ihm auf. Dieser Hurensohn hatte ihm seine letzte Waffe aus der Hand genommen. Einen Moment lang beraubte ihn der rote Schleier vor seinen Augen der Sprache. Er knirschte mit den Zähnen und zwang sich, ruhig zu bleiben. McCord hielt sich für so verdammt erhaben und allmächtig, aber wenn er sich einbildete, daß alle nach seiner Pfeife tanzten, hatte er sich geirrt. Tödlich geirrt.

Dan lehnte sich in seinen Stuhl zurück und sah zu Wes hoch. »Okay, ich verlasse die Stadt. Ganz, wie Sie wünschen.« Er hob seine gefesselten Handgelenke. »Schneiden Sie mich nur los, ja?«

Cummings legte seinen Revolvergürtel um und verließ hinter McCord das Büro des Sheriffs. Er hatte immer alles getan, was McCord von ihm verlangt hatte. Er hatte die Zeltstadt aus dem Boden gestampft. Er hatte die Fährte von Lassiter und diesem Mädchen aufgespürt. Und die Zeit im Canyon war auch kein reines Vergnügen gewesen.

Nach allem, was er getan hatte, war er verdammt sicher, eine bessere Behandlung verdient zu haben. Zum Teufel noch mal, er würde nicht einfach aus der Stadt verschwinden und McCord als Herrscher von Chango zurücklassen. McCord würde es noch sehr leid tun, daß er versucht hatte, ihn loszuwerden.

Er starrte unverwandt auf McCords breiten Rücken. Ein Gefühl wilder Freude überkam ihn. Er hatte ein klares, nahes, absolut unfehlbares Ziel vor Augen. Seine Hand griff nach dem Revolver, zog ihn aus dem Halfter. Bedächtig nahm er sein Ziel ins Visier.

Peng!

Der heiße, brennende Schmerz in seiner Brust ließ Cummings herumwirbeln. Was war geschehen? Panisch sah er sich um, nur vage bewußt, daß er einen Schuß gehört hatte. Sloan Lassiter stand auf der anderen Straßenseite, einen Revolver in der Hand, aus dessen Mündung Rauch quoll.

Der Revolver in Cummings' Händen wurde plötzlich sehr schwer, zu schwer, um noch gehoben zu werden. Langsam entglitt er seiner Hand. Der Schmerz war nicht mehr heiß, sondern kalt. Sehr kalt.

Er brach auf dem Gehsteig zusammen.

Beim Geräusch eines Schusses war Wes mit gezogenem Revolver herumgefahren. Er sah Cummings leblos auf dem Boden liegen, und sein Blick forschte nach demjenigen, der den Schuß abgegeben hatte. Sloan schob gerade seinen Revolver in den Halfter zurück.

Sloan überquerte langsam die Straße und begegnete kühl

dem Blick seines Feindes. »Nicht einmal bei einem Mörder lasse ich zu, daß er hinterrücks erschossen wird.«

Wes zog die Augenbrauen hoch. »Ich hatte nicht vor, mich zu bedanken.«

»Ich will keinen Dank.« Sloan sah einen Moment zur Seite und heftete dann den Blick wieder auf Wes. »Ich habe dir gerade das Leben gerettet. Das bedeutet, daß du mir eine ehrliche Antwort schuldest.«

Wes' hartes Gesicht verriet keinerlei Empfindungen. Das Schweigen zwischen den beiden Männern war spannungsgeladen. Es war wie eine hohe, starke Mauer, und es hatte fünfzehn Jahre gedauert, sie zu erreichen.

Plötzlich zuckte Wes die Achseln, und ein schwaches Lächeln trat auf seine Lippen. »Was willst du wissen?«

Sloan konnte sich noch gut an Wes' Lächeln erinnern. Auch damals hatte er gelächelt, als er ihnen sagte: ›Das Wasserloch von Turtle Rock ist nur zwei Tagesmärsche von hier in Richtung Osten. Richtet euch nach der Sonne, dann kann nichts schiefgehen. Bleibt dort. Früher oder später wird jemand vorbeikommen.‹ Dann war er mit einem beschwingten Abschiedsgruß und ihrem hart verdienten Geld davongeritten und hatte Sloan und seinen Bruder ohne Nahrungsmittel, Wasser, Pferde oder Waffen zurückgelassen.

Sloan schluckte, um die qualvolle Enge in seiner Kehle zu lockern. »Ich will nur die Antwort auf eine Frage. Hast du damals gewußt, daß das Wasserloch ausgetrocknet war?«

Endlose Minuten verstrichen, und Sloan fragte sich, ob Wes überhaupt antworten würde. Schließlich sah Wes ihm direkt in die Augen. »Nein.« Er drehte sich um und ging weiter.

Sloan beobachtete wie gebannt, wie Wes die Straße hinunterging und sein Büro betrat. Der kurze Wortwechsel mit Wes hatte ihn bis ins Innerste erschüttert. Ein Kampf wütete in ihm, ein Kampf, der nun schon fünfzehn Jahre seines Lebens anhielt. Dunkle Ängste und geheime Qualen prallten auf einander und lösten einen wirbelnden Aufruhr in ihm aus. Konnte es sein, daß das alles war? Eine kurze, einsilbige Antwort?

Brianne kam auf ihn zugelaufen, die grünen Augen angstgeweitet. »Sloan? Ich war gerade in der Hotelhalle, als der Schuß fiel. Was ist passiert?«

»Laß uns in unser Zimmer gehen.«

»Sloan, du machst mir Angst.«

Er nahm ihren Arm. »Komm. Ich erzähle dir alles.«

Die Nachmittagssonne erfüllte ihr Zimmer mit warmem Licht und beleuchtete die winzigen Staubpartikel, die auf dem schimmernden Rosenholz der Kommode und des Kleiderschranks lagen.

»Ich weiß nicht, warum ich ihm das Leben gerettet habe«, sagte Sloan. »Ich bin nur verdammt sicher, daß ich es nicht vorhatte.«

»Vielleicht hast du endlich doch gelernt, daß man Leben nicht zerstören darf.«

»Ich kam her, um ihn zu töten. Und dann drehe ich mich einfach um und rette ihm das Leben.« Er schüttelte den Kopf. »Er sagt, er hätte nicht gewußt, daß die Wasserstelle ausgetrocknet war.«

»Glaubst du ihm?«

Sloan zögerte und schnitt dann eine Grimasse. »Ich will es nicht, aber . . . zum Teufel, ja, ich glaube ihm. Tief in mir drinnen tue ich es, verdammt.« Er stand auf und trat an das Fenster, um brütend auf den Korral hinter dem Hotel zu starren. »Er hatte keinen Grund, mich zu belügen. Jetzt nicht mehr.«

»Sloan, was ist los mit dir? Du solltest erleichtert sein. Nach all diesen Jahren kannst du die Vergangenheit endlich vergessen und an die Zukunft denken . . . an uns.«

»Ich wünschte, es wäre so leicht.« Sloans Blick schien in weite Ferne zu wandern. »Als Wes in mein Leben trat, war ich ein so grüner Junge, wie du dir nur vorstellen kannst. Bis dahin hatte ich nur das Leben auf unserer Farm gekannt. Wes erzählte jede Menge Geschichten über das schöne, große Land im Westen, von dessen Existenz ich bis dahin nicht einmal etwas geahnt hatte. Er brachte mich zum Träumen. Er redete über die Pferde, die wild und frei durchs Land liefen, und wie leicht es wäre, eine Herde zusammenzutreiben und in Neu-Mexiko zu verkaufen. Die Gewinne müßten enorm sein, meinte er. – Für mich klang das alles wie ein einziges großes Abenteuer, und ich . . . ich überredete David, mitzukommen. Mein Gott, er war erst vierzehn Jahre alt!«

Der Schmerz und das Schuldgefühl in seiner Stimme trafen Brianne bis ins Herz. Sie trat zu ihm. »Sloan, du kannst doch unmöglich dir selbst die Schuld an Davids Tod geben!«

»Genau das tue ich, seit er starb. Aber ich konnte mein eigenes Schuldgefühl durch meinen Haß auf Wes ersticken. Das ist jetzt nicht mehr möglich. Jetzt muß ich für das, was ich getan habe, einstehen.«

Sie legte einen Arm um ihn und drückte ihre Wange an seine Brust. »Ich lasse nicht zu, daß du dich mit Selbstvorwürfen quälst. Du bist ebensowenig schuld an Davids Tod wie Wes. Niemand ist schuld. *Zufällig* war die Wasserstelle trocken. *Zufällig* war eine Schlange dort. Es hätte ebensogut ganz anders kommen können.«

Er sah zu ihr hinunter und lächelte. »Etwas, das ich von Anfang an an dir bewundert habe, ist deine Loyalität den Menschen gegenüber, die du liebst. Ich glaube, ich kann mich sehr glücklich schätzen, daß auch ich zu diesen Menschen gehöre.«

Sie trat ein wenig zurück und hob den Blick zu ihm. »Du bist nicht mehr allein, Sloan. Dein Schmerz ist auch mein

Schmerz. Von jetzt an werden wir allem gemeinsam gegenübertreten.«

»Wenn du es sagst, klingt es ganz einfach.«

»Hat es dir nicht gutgetan, diese Schuld, die schon so lange auf dir lastet, einzugestehen?«

»Nein. Ich fürchte, damit muß ich noch sehr, sehr lange leben.«

»Dann werden wir zusammen damit leben. Jede Last, die man mit einem anderen teilen kann, wiegt leichter.«

Er sah sie aus ernsten Augen an. »Ich glaube, ich muß noch viel lernen, Brianne.«

»Und ich von dir.« Sie hob den Kopf und drückte die Lippen auf seinen Mund. »Aber jetzt haben wir alle Zeit der Welt zum Lernen!«

## 10

Wesley wäre um ein Haar getötet worden!

Anna verlor jedes Zeitgefühl, während sie an einem der oberen Fenster stand und voller Entsetzen auf die Straße starrte. Cummings' Leiche war entfernt worden; auch die Menge der Neugierigen hatte sich zerstreut. Aber noch immer hämmerte ihr Herz gegen ihre Rippen, verkrampfte sich ihr Magen in der Panik, die sie empfunden hatte, als sie Cummings mit dem Revolver auf Wesleys Rücken zielen sah.

Sie hatte versucht, zu schreien, aber kein Laut war aus ihrer Kehle gedrungen. Sie hatte versucht, zu ihm zu laufen, ihn zu warnen, aber ihr Körper war wie erstarrt gewesen.

Alles war so schnell gegangen. Innerhalb weniger Sekunden war alles vorbei gewesen. Und statt Cummings hätte Wesley auf der Straße liegen könne.

Der Gedanke riß sie aus der Erstarrung, die sie befallen hatte. Sie wirbelte herum, rannte die Treppe hinunter und zur Tür hinaus. Ihre Besuche bei Wesley hatten immer im Dunkel der Nacht stattgefunden, und sie hatte einen abgelegenen Pfad benutzt, um zu seinem Haus zu kommen. Jetzt ging sie zum erstenmal bei hellem Tageslicht zu ihm und überquerte die Main Street zu seinem Büro, ohne sich darum zu kümmern, ob sie gesehen wurde.

Wesley saß hinter seinem Schreibtisch und studierte mit gerunzelter Stirn mehrere Dokumente, die vor ihm lagen. Anna schloß die Tür und lehnte sich mit dem Rücken dagegen.

Wesley war am Leben. Ihre Erleichterung überwältigte sie fast.

Ihr Entschluß stand unwiderruflich fest.

Wes hob den Kopf und sah sie überrascht an. »Anna?«

»Liebe mich.«

Der Federhalter entglitt seiner Hand. »Was ist los?« Er sah ihr unsicheres Lächeln. Sie hatte ihn nur selten angelächelt.

»Ich will, daß du mich liebst.«

Völlig fassungslos schob er den Stuhl zurück und stand auf. »Ich verstehe dich nicht, Anna.«

»Ist es denn so schwer?« fragte sie. »Ich möchte mit dir schlafen.«

Er musterte sie einen Moment lang und versuchte, zu ergründen, was in ihr vorging. Es mußte ein Traum sein, doch Anna wirkte sehr real, und auch er reagierte unverkennbar so, als wäre dies alles Wirklichkeit. Sein Herz pumpte wie eine Maschine, und er spürte, wie das Begehren in ihm wuchs. Gott wußte, wie sehr er sie wollte, so sehr, daß es ihm fast Angst machte. Er zögerte und trat dann, bezwungen von dem Verlangen, das er in ihr spürte, langsam zu ihr. »Wir gehen getrennt und –«

»Nein, wir gehen zusammen.«

Seine Augen verdunkelten sich, aber irgendwie gelang es ihm, seine Beherrschung zu bewahren. »Anna? Was soll das?«

Sie streckte eine Hand aus. »Worum ich dich bitte, ist doch ganz einfach, Wesley. Kommst du mit oder nicht?«

Ohne ein weiteres Wort nahm er ihre Hand und verließ mit ihr sein Büro. Aber als er die Richtung zu seinem Haus einschlagen wollte, schüttelte sie den Kopf und hielt ihn zurück. »Die Wiese.«

Wes stellte keine Fragen mehr. Neugierige Blicke folgten ihnen, und unwillkürlich verstärkte sich sein Griff um ihre Hand. Ihr Ruf war es, um den er besorgt war, nicht seiner. Aber derartige Gedanken schienen Anna nicht zu belasten. Er beobachtete sie verstohlen aus dem Augenwinkel. Sie wirkte still und heiter und verriet mit keinem Anzeichen, was sie dachte. Er wußte nicht, warum sie in sein Büro gekommen war und diese Bitte an ihn gerichtet hatte, er wußte nur, daß er weder die Kraft noch den Wunsch hatte, sich ihr zu widersetzen.

Nachdem sie die Stadt hinter sich gelassen hatten, steuerten sie direkt auf die Mitte der Wiese zu.

Nebeneinander sanken sie auf den Boden. Die Wiese erstrahlte im Sonnenlicht, und in der Luft hing ein betäubender Blütenduft.

»Zieh mich aus«, sagte sie.

»Anna –«

»Bitte.«

Er wünschte, er könnte das geheimnisvolle neue Funkeln deuten, das er in den Tiefen ihrer blauen Augen wahrnahm. Er wünschte, sein Körper wäre nicht schon gespannt vor Verlangen nach ihr. Und mehr als alles andere wünschte er, die Hitze, die in ihm aufgestiegen war, würde nicht alles Denken auslöschen. Aber mit einigen wenigen Worten hatte sie alles seiner Kontrolle entzogen.

Er griff mit der Hand nach ihrem Kleid. Ein Knopf nach dem anderen öffnete sich unter seinen Fingern. Langsam glitt ihr Kleid nach unten, bis es sich um ihre Taille bauschte. Wes zögerte, ausnahmsweise einmal unsicher, was er jetzt tun sollte.

Mit trägen Bewegungen zog Anna ihr Hemd über den Kopf.

Wes lehnte sich zurück und starrte sie atemlos an. Wie konnte eine Frau nur so schön sein, ging es ihm durch den Kopf. Ihre elfenbeinblassen Brüste waren hochangesetzt und rund und von harten rosigen Spitzen gekrönt. Zwischen ihnen hing sein Ring.

Sie hob die Arme zu ihrem Haar und löste die Nadeln. Sie ließ sie achtlos zwischen die Blumen fallen und schüttelte den Kopf, so daß ihr Haar wie eine goldene Kaskade bis über ihre Hüften flutete.

Inmitten gelber Butterblumen ließ sie sich auf den Boden sinken und breitete die Arme aus. Er zog abgerissen und schmerzhaft den Atem ein und legte sich auf sie.

Sein Kuß war von einem Verlangen erfüllt, wie er es noch nie zuvor erfahren hatte. Anna reagierte mit gleichem Feuer, mit gleicher Leidenschaft. Sie war es, die sein Hemd aufknöpfte und über seine Schultern streifte. Immer wieder strichen ihre Hände über seine Brust und seinen Rücken, als ob ihr nächster Atemzug von der Berührung seiner Haut abhinge.

Die Sonne schien ihm warm auf den Rücken. Wes atmete tief ein und sog die seidige Luft und Annas zarten Fliederduft ein. Die Brust in seiner Hand fühlte sich für ihn wie alles Glück dieser Welt an. Er preßte die Lippen auf die rosafarbene Spitze und schmeckte Ambrosia.

Gemeinsam zogen sie sich ganz aus.

Auf dem weichen grünen Gras wirkte Annas Körper wie schimmerndes Elfenbein. Ihr Haar umwogte in weitem Bogen ihr Gesicht, und die goldenen Flechten vermischten sich mit den gelben Blumen. Wes legte sich neben sie, pflückte ein paar Blumen und verteilte sie auf ihren Brüsten, ihrem Bauch, der ganzen Länge ihrer Beine. Dann rieb er die Blumen in ihre Haut, badete sie im Duft der goldgelben Blüten und Knospen.

»Oh, Wesley . . .« Die Gefühle, die er in ihr wachrief, waren von einer fast zu intensiven Sinnlichkeit für Anna. Sie wölbte ihm ihren Rücken entgegen, und er sah die Sonne auf ihrer zarten Haut erstrahlen.

Ohne zu wissen, was sie tat, streckte sie eine Hand aus und schloß sie um eine kleine Gruppe Blumen, riß sie aus der Erde. Ohne die Blumen loszulassen, strich ihre Hand über seine Brust, dann hinunter, durch das weiche Dreieck von Haaren, zu seiner harten, pulsierenden Männlichkeit.

Ihre Hand glitt auf und ab; die Blütenblätter strichen sanft über seine Haut, reizten Nerven, von deren Existenz er bis zu diesem Moment nichts gewußt hatte, und setzten sie in Brand.

»Ob du jetzt nach Blumen schmecken würdest?« murmelte sie.

Er hatte das Gefühl, etwas in seiner Brust müßte zerreißen, und er stieß ein tiefes Stöhnen aus. Er zog sie in die Arme und rollte sich mit ihr durch das Gras und die Blumen. Ihr Haar umwogte sie; lange, schimmernde Locken klebten an ihrem heißen, feuchten Fleisch und rissen goldene und gelbe Blumen in ihrer Fülle mit sich.

Als er innehielt, lag er auf ihr, und ihre Beine waren weit gespreizt, aber konnte es nicht über sich bringen, dieses Gefühl goldener Ekstase zu beenden. Noch nicht.

»Ob *du* jetzt nach Blumen schmeckst?« flüsterte er und preßte seinen Mund auf ihre Haut. Ihr Duft erregte ihn; ihre weibliche Süße berauschte ihn. Und als er den empfindlichen und intimsten Punkt ihrer Weiblichkeit erreichte, glaubte er den Verstand zu verlieren. Er küßte und saugte und leckte wie ausgehungert nach ihr.

Anna erlebte die Leidenschaft in ihrem Körper wie lodernde Flammen, und sie biß sich auf die Unterlippe, um nicht laut aufzuschreien. Dann vergaß sie alles um sich herum und schrie. Ihr Begehren war nicht mehr mild und hingebungsvoll, es war fordernd und heiß. Auf ihr lastete ein schwerer Druck, und doch fühlte sie sich seltsam leicht und schwerelos, wie ein Blütenblatt im Wind. Wenn er sie nicht bald nahm . . . »Wesley . . .« Sie keuchte auf, und ein Schauer überlief sie, als er in sie eintauchte.

Beide Hände fest um ihre Hüften geklammert, begann er den Rhythmus und die Bewegungen ihrer Körper zu lenken und zu kontrollieren. Warme goldene Wonnegefühle durchliefen sie. Sie spürte ihn in sich, hart, tief, vollkommen, als wäre er ein Teil ihrer selbst. Selbst wenn er sie nur kurz verließ, vermißte sie ihn. Als er wieder tief in sie eindrang, legte sie beide Beine um seine Hüften und bog sich ihm entgegen.

Sie waren eins mit sich und der goldenen Ekstase, der ureigensten Quelle ihres Lichts.

Sie lagen Seite an Seite, die Gesichter einander zugewandt. Annas blumengesprenkeltes Haar breitete sich wie goldene Seide über ihren Körpern aus.

Er hatte es nicht geschafft, sich von ihr zu lösen, und noch immer war er in ihr. Ihre Augen waren geschlossen, und ihre dunklen Wimpern formten dichte, fransige Halbkreise auf ihren Wangenknochen. Ihre Haut hatte die hitzige Röte verloren und schimmerte wieder in ihrem vollkommenen Elfenbeinton. Ihr Bein lag über seiner Hüfte, und während er sie betrachtete, schmiegte sie sich unbewußt enger an ihn.

Tief im Innersten empfand er diese Geste als Liebkosung.

»Anna?«

Sie öffnete die Augen, Augen, die so hell und klar waren,

daß es schien, man könnte durch sie hindurch bis auf den Grund ihrer Seele sehen. Aber er konnte es nicht. Nie hatte er gewußt, was sie dachte oder fühlte.

»Bleib bei mir«, sagte er leise. »Als meine Frau.«

Ein langsames Lächeln breitete sich auf ihrem Gesicht aus. »Ja.«

Wes ging mit Anna in die Stadt zurück, diesmal aber vermied er die Main Street und führte sie unauffällig auf den Pfad, der sie unbemerkt zum Hintereingang des Kaufladens bringen würde. Ein Blick aus dem Augenwinkel verriet ihm, daß kaum noch ein Anzeichen darauf schließen ließ, daß sie die Frau war, die erst vor kurzem mit ihm auf der Blumenwiese gelegen und eine Leidenschaft mit ihm geteilt hatte, die jede Norm sprengte. Jetzt verbarg sie ihre Empfindungen hinter einer Miene heiterer Gelassenheit. Aber ihr Haar hatte sie offen gelassen; es ergoß sich weich und üppig über ihren Rücken, und gelbe und goldene Blüten hingen in den langen Locken.

Sein Herz quoll über von Gefühlen, denen er keinen Namen zu geben vermochte. Alles schien wieder nach seinen Wünschen zu laufen. Anna blieb bei ihm. Zusammen würden sie ein Kind haben. Der Bau der Eisenbahnlinie würde reibungslos ablaufen. Endlich würde er all das besitzen, wonach er sich immer gesehnt hatte.

Er war fest entschlossen, Anna und dem Kind ein Leben zu bieten, wie es ihm selbst nicht vergönnt gewesen war, ein Leben ohne Angst oder Unsicherheit. Aber noch fühlte er einen Schatten . . .

Und weil heute ihr gemeinsames Leben beginnen sollte, wegen des Kindes, wegen der Jahre, die vor ihnen lagen, hatte er das Gefühl, ihr eine Erklärung schuldig zu sein.

»Anna?« Er legte eine Hand auf ihren Arm und zwang sie, unter einer hohen Pappel stehenzubleiben. »Ich weiß, daß du das Gerede über Sloan Lassiter und mich gehört hast. Vielleicht ist dir sogar bekannt, daß er glaubte, ich wäre für den Tod seines Bruders verantwortlich.«

Sie nickte, und ihre blauen Augen verdunkelten sich. »Ich habe davon gehört.«

»Und du hast dich gefragt, ob es wahr ist, nicht?«

Sie lehnte sich an den Baumstamm und sah zu ihm hinauf. »Ja.«

»Du hast ein Recht, zu erfahren, was wirklich geschehen ist. Sloan glaubt, ich hätte ihn und seinen Bruder bewußt zu einer Wasserstelle geschickt, von der ich wußte, daß sie ausgetrocknet war.« Er machte eine Pause. »Ich habe in meinem Leben oft skrupellos gehandelt, Anna, aber für den Tod dieses Jungen verantwortlich zu sein, das ist eine Sünde, der ich mich nicht schuldig gemacht habe. Ich wußte nicht, daß die Wasserstelle ausgetrocknet war, und das ist die Wahrheit.«

Die Erleichterung, die Anna bei seinem Geständnis empfand, überraschte sie. Während der letzten paar Tage war vieles geschehen, was ihr Leben von Grund auf umgestürzt hatte. Aber obwohl sie gelernt hatte, mit dem Schmerz und der Verwirrung fertig zu werden, die jedes Ereignis in ihr ausgelöst hatte, hatte irgendwo tief in ihrem Inneren die Angst gelauert, Wesley könnte eines Mordes schuldig sein. Ein kühler Wind rauschte durch die Blätter der Baumkrone, und sie hob ihr Gesicht der tröstlichen Liebkosung dieser leichten Brise entgegen. »Ich bin froh, daß du es mir gesagt hast.«

Ihre unverkennbare Erleichterung beruhigte ihn. Er hatte nie versucht, vor irgendwem zu verbergen, was für eine Art Mensch er war; es hatte ihn nie interessiert, was die anderen von ihm hielten. Aber wenn es einen Menschen gab, der wissen mußte, daß er eines Mords nicht fähig war, dann war es Anna. »Ich wünschte, ich könnte mich völlig von jeder Schuld freisprechen. Aber das kann ich nicht. Obwohl ich Davids Tod nicht absichtlich verschuldet habe, trage ich indirekt doch die Verantwortung, und daran läßt sich nichts ändern.«

»Ich glaube, das Leben würde ganz anders aussehen, wenn wir die Möglichkeit hätten, Vergangenes zu ändern«, erwiderte sie leise. Ihre Gedanken schienen plötzlich in weiter Ferne zu sein.

Er streckte die Hand aus und legte sie sanft auf ihren Bauch. »Es gibt eine Menge Dinge, die ich ändern würde, wenn ich könnte, Anna, aber unser Baby gehört nicht dazu.«

»Ich weiß.«

Sie sprach so leise, daß Wes den Kopf neigen mußte, um sie zu verstehen. Er war nicht sicher, aber in ihren Worten schien eine Andeutung von Trauer mitzuschwingen. »Wie lange brauchst du, um zu packen?«

»Nicht lange. Ich habe schon angefangen.«

Sein Gesicht verfinsterte sich bei dem Gedanken, wie nahe er daran gewesen war, sie zu verlieren. Er wußte nicht, was ihren Entschluß, die Stadt zu verlassen, ins Wanken gebracht hatte; er konnte dafür nur dankbar sein. »Ich hole dich in etwa einer Stunde mit dem Wagen ab. Vergiß nicht, alles einzupacken, was du brauchst.«

Anna faltete das letzte Kleid zusammen und legte es in ihre Reisetasche, wandte sich dann ihrer Kommode zu und griff nach der Bürste und dem Kamm aus Silber, die früher ihrer Mutter gehört hatten. Sie legte beides auf das Kleid.

»Du gehst jetzt?«

Sie warf über die Schulter einen Blick auf ihren Vater, der in der Tür lehnte. »Ja.«

»Anna –« Er brach ab, schien nach Worten zu suchen. »Du darfst nicht so ganz allein fortgehen. Eine alleinstehende Frau hat es nie leicht.« Er schüttelte den Kopf. »Aber eine Frau, die ein Kind erwartet und nicht verheiratet ist –«

»Deine Fürsorge rührt mich.« Es gelang ihr nicht ganz, den Sarkasmus in ihrer Stimme zu unterdrücken. »Aber sie kommt zu spät.«

Er wandte den Blick ab. »Ich habe nie gewollt, daß alles so endet.«

»Nein, natürlich nicht«, sagte sie. Nur mit großer Mühe zwang sie sich, ruhig zu bleiben. Der Verrat ihres Vaters schmerzte noch immer. Sie sah sich in ihrem Zimmer um, ob sie auch nichts vergessen hätte. »Du warst nur daran interessiert, dein Geschäft zu behalten. Übrigens, Wesley wird in ein paar Minuten hier sein.«

Sein Kopf fuhr hoch. »McCord? Hier? Warum sollte er herkommen?«

»Ich – ich denke, das soll er dir lieber selbst sagen.« Es lag nicht in ihrer Absicht, bewußt grausam zu ihrem Vater zu sein, aber es fiel ihr zunehmend schwerer, mit ihm zu reden. Sie war nicht sicher, ob es ihr je wieder gelingen würde, ein normales, unbefangenes Gespräch mit ihm zu führen.

Sie hörte das Geräusch von Schritten, dann erschien Wesley hinter ihrem Vater in der offenen Tür. Anna empfand sofort ein Gefühl von Trost und Sicherheit.

»Bist du soweit, Anna?« fragte Wes.

»Ich glaube, ich habe alles. Ich muß nur noch die Tasche zumachen.« Sie bückte sich.

»Warte.« Wes ging an ihrem Vater vorbei, als wäre dieser Luft für ihn, und trat zu ihr. »Laß mich das machen.« Rasch zog er den Riemen zusammen, richtete sich dann auf und deutete auf die beiden anderen Reisetaschen, die neben dem Bett standen. »Nur diese drei Sachen?«

»Ja.«

Lars Nilsen räusperte sich nervös. »Mr. McCord?«

Wes heftete seinen Blick, der einen harten Ausdruck hatte, auf ihn, sagte aber nichts.

»Meine Tochter . . . also, Anna meint, Sie hätten mir etwas zu sagen. Geht es vielleicht um das Geschäft?«

Wes sah Anna an. Sie erwiderte seinen Blick mit völlig ausdrucksloser Miene. Aber in ihren Augen las er, welchen Schmerz sie empfand. Sie wandte den beiden Männern abrupt den Rücken zu und ging zum Fenster. Wes richtete seine Aufmerksamkeit wieder auf Lars Nilsen. Je eher er Anna von hier fortbrachte, desto besser.

»Der Laden gehört voll und ganz Ihnen. Ich habe die Schuldscheine verbrannt.«

Larsens Gesicht erhellte sich. »Das ist ja wundervoll.«

Wes verbarg seine Verachtung, indem er betont sachlich mit ihm sprach, seine Worte klangen ruhig, knapp und waren bar jeden Gefühls. »Anna und ich haben vor ein paar Tagen geheiratet. Sie wird von nun an bei mir leben. Sie können sie selbstverständlich besuchen, aber nur, wenn sie es wünscht. Und falls Sie mein Haus betreten, werde ich verdammt sichergehen, daß ich nie in der Nähe bin.«

Anna stand am Fenster und lauschte seinen Worten. Ihr fiel auf, daß alles, was Wesley gesagt hatte, weniger interessant war als das, was er nicht ausgesprochen hatte. Ganz offensichtlich verurteilte Wesley ihren Vater, schien sich aber nicht berechtigt zu fühlen, den ersten Stein zu werfen.

»Anna?«

Sie wandte sich um. »Ich bin bereit.«

Er nickte und hob ihre Taschen auf. »Der Wagen steht vor der Tür.«

»Vorne oder hinten?«

Er begegnete ihrem Blick. »Vor der Vordertür.«

Anna sah zu ihrem Vater. »Jetzt hast du, was du immer wolltest, Papa. Du wirst gut zurechtkommen.«

»Aber Anna –«

»Lebwohl.«

Wes verstaute Annas Gepäck und half ihr dann auf den Sitz. »Sei vorsichtig«, ermahnte er sie.

Sie lächelte ihn an. »Ich bin nicht aus Glas, Wesley.«

Er grinste. »Nein?«

Die unverkennbare Vertraulichkeit zwischen Wes McCord und Anna Nilsen reichte aus, um Mrs. Fitzpatrick ein paar Schritte von ihnen wie angewurzelt stehenbleiben zu lassen und mißbilligend die Stirn zu runzeln. »Nanu, Anna, meine Liebe, ich hatte ja keine Ahnung, daß Sie vorhaben, die Stadt zu verlassen!«

Anna zuckte instinktiv schuldbewußt zusammen. Ihr spontaner Schritt, Hand in Hand mit Wesley die Main Street hinunterzugehen, hatte die Gewohnheit monatelanger heimlicher Begegnungen noch nicht auslöschen können.

Mrs. Fitzpatrick fuhr fort: »Und Ihr Haar! Wirklich, meine Liebe, was ist denn nur passiert, daß Sie nicht einmal Zeit hatten, es zu kämmen und aufzustecken?«

Annas Hand flog voller Entsetzen an ihr Haar. Es waren tatsächlich noch immer Blumen darin!

Wes wandte sich zu der Frau um. »Ich finde Annas Haar sehr schön so, wie es ist, und da Anna mir die Ehre erwiesen hat, meine Frau zu werden, geht es mich, und zwar nur mich, etwas an, wie sie ihr Haar trägt.«

Mrs. Fitzpatrick verschlug es fast die Sprache. »Ihre Frau?!«

Meine Frau. Zum ersten Mal hatte Wesley diese Worte gebraucht, und es beunruhigte Anna ein wenig und erfüllte sie zugleich mit Wärme und Freude.

Von ihrem Sitz auf dem Wagen konnte Anna ausgezeichnet beobachten, wie Mrs. Fitzpatricks Gesichtsfarbe einen aschgrauen Ton annahm, als ihr schlagartig klar wurde, daß sie Wes McCord ernstlich beleidigt hatte. Wie dumm diese Frau doch ist, dachte Anna. Sie schwenkt ein rotes Tuch vor einem Stier hin und her und erkennt die Gefahr erst, nachdem sie aufgespießt wurde.

Mrs. Fitzpatrick befeuchtete nervös ihre Lippen. »Oh . . . Nun, äh . . . das ist ja einfach wundervoll. Aber wirklich, wie hätte ich das wissen sollen? Ich bin sicher, kein Mensch in der Stadt ahnt etwas davon, sonst hätte ich es schon herausgefunden. Ich meine –«

»Die Trauung sollte ganz privat stattfinden«, warf Wes glattzüngig ein. »Ich bin sicher, dafür haben Sie Verständnis.«

»Absolut! Aber die Neuigkeit wird sich natürlich schnell herumsprechen.« Ihr kam ein Gedanke. »Der Bürgermeister und ich bestehen darauf, für Sie und Ihre reizende Frau« – sie schenkte Anna ein strahlendes Lächeln – »einen Empfang zu geben.«

Wes schwang sich auf den Kutschensitz und ergriff die Zügel. »Das ist sehr nett von Ihnen, aber meine Frau und ich beabsichtigen, einen kleinen Empfang in unserem Haus zu geben. Nur unsere engsten Freunde werden kommen.« Mit einem leichten Schnalzen der Zügel trieb er das Pferd zu einem Trab an. »Guten Tag, Mrs. Fitzpatrick.«

»Guten Tag, Mr. McCord«, rief sie ihnen nach und fügte hastig hinzu: »Und Mrs. McCord!«

»Dummes Stück«, brummelte Wes.

Plötzlich fühlte Anna eine Woge von Heiterkeit in sich aufsteigen, und sie brach in schallendes Gelächter aus.

Wes warf ihr einen überraschten Bick zu. Er lächelte. Und dann fing auch er an zu lachen.

Anna trat durch die Vordertür in Wesleys Haus und sah sich verwundert um. Alles wirkte irgendwie anders, seltsamerweise, denn schließlich waren ihr die meisten Räumen in diesem Haus ebenso vertraut wie ihr früheres Heim über dem Laden.

Vielleicht war sie es, die sich verändert hatte.

Sie war jetzt Wesleys Frau. Das bedeutete, daß dieses Haus ihr Heim war. Ob sie sich je daran gewöhnen würde?

»Ich trage dein Gepäck nach oben«, sagte Wesley, als er hinter ihr in die Tür trat.

Sie nickte. Er ging an ihr vorbei, aber sie sah ihn nicht an. Sie fühlte sich nervös und unsicher. Wie würden sie miteinander auskommen, hier in diesem Haus, dem Ort so vieler verbotener Treffen? Als Mann und Frau, nicht mehr als zwei Menschen, die ein heimliches Verhältnis hatten.

Wesleys Frau.

Was erwartete er von ihr als seiner Frau?

Was erwartete sie von ihm?

Die letzte Frage, entschied sie, war am leichtesten zu beantworten. *Nichts*. Sie erwartete nichts.

Er hatte ihr seinen Namen gegeben, sie vor gehässigem Klatsch geschützt. Jetzt teilte er sein Haus mit ihr. Das war alles, was sie erwarten konnte.

Eine unendliche Traurigkeit überfiel sie. Sie wandte sich um, und erst jetzt fiel ihr die Vase mit ungeschickt angeordneten Butterblumen und Ringelblumen auf, die auf dem Tisch in der Halle stand. Ihre Wangen röteten sich, als ihr klar wurde, was diese Blumen bedeuteten. Nachdem Wesley sie nach Hause gebracht hatte, mußte er auf die Wiese zurückgegangen sein und diesen Strauß gepflückt haben.

Sie nahm die Vase in die Hand und hielt die Blumen an ihr Gesicht. Ihre leuchtenden Farben und ihre samtige Schönheit brachte den Zauber des Nachmittags auf der Wiese zurück.

Als sie ihn die Treppe hinunterkommen hörte, stellte sie die Vase hastig zurück, wandte den Blick aber nicht von den Blumen.

Wesley trat zu ihr, sah sie an und lächelte. »Du mußt an den Blumen gerochen haben. Auf deiner Nasenspitze sitzt ein winziger goldener Tupfen.«

Plötzliche Scheu ließ ihre Stimme leise klingen. »Ich bin sicher, daß ich am ganzen Körper mit Blütenstaub besprenkelt bin.«

»Ich auch«, sagte er heiser.

Einen Augenblick lang glaubte sie, er würde sie küssen, aber er strich nur mit einer Fingerspitze sanft über ihre Wange. »Komm mit in die Küche. Du brauchst etwas zu essen.«

Er nahm ihre Hand und führte sie den Gang hinunter.

Und tief in ihrem Inneren regte sich ein leises Anzeichen von Hoffnung.

»Normalerweise esse ich im Café oder im Hotel«, sagte Wes gerade, »außer an den Tagen, an denen Mrs. Elliot zum Aufräumen kommt. An diesen Tagen kauft sie auch ein und kocht für mich.« Er grinste. »Wir haben Glück. Sie war heute da, und auf dem Herd steht ein Topf mit Schmorfleisch.«

»Ich wärme es auf.« Anna sah sich um. »Hast du eine Schürze?«

»Nein.«

Seine Stimme klang leicht belustigt, und sie sah ihn fragend an. Dann lächelte sie. »Nein, natürlich nicht. Aber das macht nichts.« Sie stöberte in Schubladen und Regalen, bis sie ein Geschirrtuch fand und es um ihre Taille schlang.

»Ich mach' das schon. Du setzt dich jetzt hin und ruhst dich aus.«

Sie sah ihn erstaunt an. »Wesley, ich bin es gewöhnt, den ganzen Tag im Geschäft zu stehen und abends noch zu kochen. Ein Gericht aufzuwärmen, wird mich bestimmt nicht anstrengen.«

Er zuckte die Achseln und setzte sich an den Küchentisch. »Also gut, wenn du willst, kannst du dich ein bißchen im

Haushalt beschäftigen. Aber keine schwere Arbeit, verstanden?«

Sie nickte und trat an den Herd. Er machte sich Sorgen um das Kind. Schließlich war das der Grund, warum er sie geheiratet hatte. »Mrs. Elliot hat Äpfel gekauft. Ich kann einen Kuchen zum Nachtisch machen.«

»Klingt verlockend«, meinte er. Er beobachtete sie, während sie in der Küche hin und her ging, und ein Gefühl tiefer, fast primitiver Befriedigung durchströmte ihn. Manche Träume waren so flüchtig, daß man sie nicht lange genug festhalten konnte, um zu sehen, woraus sie bestanden, aber vielleicht hatte er sich irgendwo in einem verborgenen Winkel seines Denkens ausgemalt, Anna in seiner Küche zu haben, in einem Heim, in seinem Leben. Er wußte es nicht mehr.

Aber sie war hier. Es war kein Traum. Er hatte eine Frau, und bald würde er Vater sein.

Seine Aufmerksamkeit wandte sich dem Geschirrtuch zu, das sie um ihre schmale Taille gebunden hatte. »Ich kaufe dir ein paar Schürzen«, sagte er.

Sie sah ihn überrascht an. »Warum?«

»Nun, es wird nicht mehr allzulange dauern, bis dieses Tuch nicht mehr um deine Taille paßt.«

Sie zuckte zusammen, als hätte er sie geschlagen, und er verfluchte sich innerlich, so ungeschickt und taktlos gewesen zu sein. »Komm her, Anna.«

Zögernd trat sie näher. Er legte einen Arm um ihre Taille und zog sie zwischen seine Beine. »Ich freue mich schon auf die Zeit, wenn deine Taille breiter wird und dein Bauch wächst.« Er drückte sein Gesicht an ihren Bauch. »Mein Kind«, murmelte er. »Ich kann es kaum erwarten, seinen Herzschlag zu hören.«

Anna strich über sein Haar. »*Seinen* Herzschlag, Wesley?«

»Oder ihren.« Sanft rieb er sein Gesicht an ihrem Bauch.

»Darauf kommt es nicht an. Ich glaube, ich hätte gern ein kleines Mädchen, das genauso schön ist wie du.«

Tränen traten in ihre Augen und raubten Anna die Sicht, während sich ihre Finger in Wesleys Haaar vergruben. Würde sie je in der Lage sein, das komplizierte und stimmungshafte Wesen dieses Mannes zu begreifen? Sie wünschte weiß Gott, alles über ihn zu wissen. Und allmählich begann sie zu hoffen, daß sie dafür viel Zeit haben würde.

## 11

»Brianne!«

Die Tür ihres Zimmers wurde aufgerissen.

Brianne fuhr überrascht hoch, als Henrietta hereingestürmt kam. Verwirrt sah sie zu, wie ihre ältere Freundin mit blassem Gesicht und bebenden Fingern die Tür zuwarf und den Schlüssel umdrehte. Brianne legte das Skizzenbuch beiseite, in dem sie geblättert hatte, und lief zu Henrietta. »Was um Himmels willen ist los?«

»Er ist hier! Dieser – dieser Mann ist hier!«

Brianne brauchte nicht mehr als eine Sekunde, um zu erfassen, von wem Henrietta sprach. »Ihr Ehemann, Mr. Bartholomew?«

»Richtig. Er hat gerade das Hotel betreten, in voller Lebensgröße.« Plötzlich erstarb ihre Stimme, und sie preßte drei Finger an die Stirn. »Er ist gekommen, um mich zu holen, aber ich gehe nicht mit! Und wenn er mich zwingt, dann – dann laufe ich ihm wieder weg!«

Brianne nahm Henriettas Hand und führte sie sanft zu

dem grünen Samtsofa. »Niemand wird Sie zu irgend etwas zwingen, Henrietta. Beruhigen Sie sich doch.«

Henrietta setzte sich und atmete mehrmals tief durch. »Sie haben ja recht. Ich hatte so gehofft, er würde mich nicht finden. Eigentlich hatte ich insgeheim gehofft, er würde sich gar nicht erst auf die Suche machen.« Sie rümpfte verächtlich die Nase. »Sie hätten ihn sehen sollen, Brianne. Er schwenkte diesen montrösen Blumenstrauß –«

»Blumen? Tatsächlich?« Brianne runzelte die Stirn. »Erzählen Sie mir genau, was er gesagt hat.«

Henrietta warf ihr einen erstaunten Blick zu. »Gesagt? Ich habe ihm keine Gelegenheit gegeben, etwas zu sagen. Ich sah ihn nur kurz an und rannte nach oben.«

Es war eindeutig an der Zeit, ein paar offene Worte zu sprechen, fand Brianne. Sie stand auf, ging zu der Rosenholzkommode, auf der ein Krug mit Wasser stand und goß ihrer entnervten Freundin ein Glas ein. Dann kehrte sie zu Henrietta zurück und reichte ihr das Glas. Henrietta nahm dankbar ein paar Schlucke und stellte das Glas auf den Tisch. »Henrietta, ich möchte, daß Sie mir jetzt gut zuhören«, begann Brianne. »In den letzten Wochen habe ich eine ganze Menge gelernt, und zu den wichtigsten Dingen zählt, daß man nicht nur die guten, sondern auch die schlechten Eigenschaften des Mannes, den man liebt, akzeptieren muß.«

Henrietta rutschte unruhig hin und her, als wollte sie eine Bemerkung machen, aber Brianne gab ihr keine Gelegenheit dazu. »Ich weiß, daß Sie Ihren Mann nicht lieben«, fuhr sie fort, »aber haben Sie sich schon einmal überlegt, daß Sie sich vielleicht in ihn verliebt hätten, wenn Sie bei ihm geblieben wären und ihn besser kennengelernt hätten? Schließlich haben Sie den weiten Weg von Philadelphia nach Kalifornien auf sich genommen, um auf diese Heiratsannonce zu antworten. Das allein beweist, daß Sie eine abenteuerlustige und romantische Seele haben.«

Blaßrosa Flecken wurden auf Henriettas Wangen sichtbar, und obwohl sie nervös die Hände rang, fühlte Brianne sich ermutigt. »Ich kann mir gut vorfstellen, daß Mr. Bartholomews unangebrachte Hast, die Ehe zu vollziehen, Sie erschreckt hat. Aber vielleicht war es doch ein wenig überstürzt von Ihnen, ihm einen Tonkrug auf den Kopf zu schlagen und mit der erstbesten Postkutsche die Stadt zu verlassen.«

Henrietta konnte ihre Erregung nicht länger unterdrükken. Sie sprang auf und lief ruhelos im Zimmer auf und ab. »Meine Liebe, ich weiß, Sie meinen es gut, aber ein junges, unschuldiges Mädchen wie Sie hat keine Vorstellung von den fleischlichen Gelüsten eines Mannes.«

Brianne dachte an die Nacht, die sie und Sloan miteinander verbracht hatten, und es dauerte einen Moment, ehe sie die richtigen Worte fand. »Henrietta, was meine Großmutter mir gegenüber nicht ausgesprochen hat, habe ich gelernt, indem ich auf einer Ranch aufwuchs. Ich weiß, daß die körperliche Liebe zwischen Mann und Frau weder schlecht noch abstoßend ist. Solange Freundschaft, Fürsorge und Achtung zwischen zwei Menschen herrschen, kann auch . . . äh, dieser Aspekt einer Ehe durchaus erfreulich sein.« Henrietta blieb abrupt stehen und warf ihr einen erstaunten Blick zu. »Zumindest habe ich das gehört«, fügte Brianne prompt hinzu.

Henriettas Miene verdüsterte sich. »Vermutlich bestand darin das Hauptproblem. Aber Horace hat mit seinen Handlungen eindeutig bewiesen, daß er weder Respekt noch Achtung für mich empfindet.«

»Das liegt nur daran, daß Sie ihm keine Gelegenheit gegeben haben, Sie besser kennenzulernen. Haben Sie versucht, mit ihm zu reden? Bevor Sie ihn mit dem Krug außer Gefecht setzten, meine ich.«

»Nein.« Sie rang die Hände, und ihre Stimme versagte. »Aber hat das denn jetzt noch etwas zu bedeuten?«

Henriettas strenge Fassade hatte Sprünge bekommen, und Brianne sah plötzlich eine verletzliche, einsame und verängstigte Frau vor sich. »Sehr viel, glaube ich«, sagte sie leise.

Henrietta wischte brüsk eine Träne weg, die ihr die Wange hinunterrann. »Auf jeden Fall habe ich beschlossen, hier im Westen zu bleiben und zu unterrichten.«

Brianne blieb vor Erstaunen der Mund offenstehen. »Ich dachte, Sie hassen den Westen!«

»So ist es. Das heißt, so war es. Aber . . . Nun, ich bin zu dem Schluß gekommen, daß der Westen etwas Kultur und Zivilisation dringend nötig hat. Wenn dieser Teil des Landes eine Tages über eine kultivierte und aufgeklärte Bevölkerung verfügen soll, muß ganz offensichtlich jemand hierbleiben und etwas dafür tun. Meiner Meinung nach ist niemand besser geeignet als ich –« Ein zaghaftes Klopfen an der Tür unterbrach ihre kleine Ansprache und raubte ihr schlagartig ihre neu errungene Haltung. »O mein Gott, das ist er!«

Brianne stand entschlossen auf. »Gut. Ich denke, es wird allmählich Zeit, daß ich Ihren Mann persönlich kennenlerne.«

»Sie werden ihn doch nicht hereinlassen, oder?« fragte Henrietta angstvoll.

Ein zweites Klopfen ertönte. »Sofort!« rief Brianne und legte beruhigend eine Hand auf die Schulter ihrer Freundin. »Er ist nun mal Ihr Mann, und er hat sich offenbar große Mühe gemacht, Sie zu finden. Wenn Sie nicht mit ihm gehen wollen, müssen Sie es natürlich nicht tun, aber ich finde es nur fair, zumindest mit ihm zu sprechen, oder?«

Henrietta zögerte und nickte dann widerstrebend.

Brianne ging zur Tür und drehte den Schlüssel im Schloß herum. Bevor sie jedoch aufmachte, sah sie noch einmal über die Schulter. »Sind Sie bereit?«

Sichtlich mit Mühe versuchte Henrietta, alle Anzeichen

von Unsicherheit und Verletzlichkeit hinter ihrem üblichen Gehabe einer strengen Lehrerin zu verbergen.

Brianne öffnete die Tür und sah sich einem großen, kräftig gebauten Mann gegenüber, dessen mächtiger Körper nur mit Hilfe eines Schuhlöffels in den schwarzen Anzug, den er trug, gezwängt worden zu sein schien. Und obwohl er sein Haar mit Unmengen Pomade gebändigt hatte, ragten zwei fürwitzige kurze Strähnen am Hinterkopf widerstrebend in die Höhe. »Horace Bartholomew?«

Er schluckte nervös. »Ja, Ma'am. Tut mir leid, Sie hier in Ihrem Zimmer zu belästigen, aber, na ja . . .« Sein wettergegerbtes Gesicht lief scharlachrot an. Er warf Henrietta, die hinter ihr stand, hastig einen verstohlenen Blick zu und sah dann wieder Brianne an.

»Sie würden gern mit Henrietta reden?« half sie ihm weiter.

»Ja, Ma'am.«

»Nun, das halte ich für eine ausgezeichnete Idee. Übrigens, mein Name ist Brianne Delaney.«

Offensichtlich erleichtert, daß jemand mit ihm sprach, lächelte er sie an. »Freut mich, Sie kennenzulernen. Ich bin aus Kalifornien gekommen, um meine Frau zu holen.«

»Das ist wirklich romantisch, finden Sie nicht, Henrietta?« Sie trat einen Schritt beiseite, um nicht länger zwischen den beiden Eheleuten zu stehen. »Ich finde, es zeugt von bewundernswertem Feingefühl.«

Beglückt, eine Verbündete gefunden zu haben, fuhr Horace fort: »Die Arbeit in den Minen habe ich meinen Leuten überlassen. Es hat eine Weile gedauert, aber ich bin wirklich froh, Henrietta endlich gefunden zu haben.«

»Minen?«

»Ja, Ma'am. Mir gehören sechs Stück.«

»Wirklich? Henrietta, davon haben Sie mir nie etwas erzählt.«

Henrietta zuckte die Achseln.

»Ich denke, jeder Mann, der einen so weiten Weg wie Horace auf sich nimmt und seinen Betrieb anderen überläßt, muß es wirklich ehrlich meinen und verdient eine Chance, gehört zu werden. Horace, Sie haben Henrietta einiges zu sagen, nicht wahr?«

»Ja, stimmt.« Er faßte mit der Hand in die Hosentasche und zog mehrere zerknüllte Zettel heraus. »Ich habe mir Notizen gemacht.«

»Sehr schön, Horace.« Sie neigte sich Henrietta zu und flüsterte ihr ins Ohr: »Erinnern Sie sich noch, daß Sie gerade gesagt haben, Sie würden gern dabei helfen, den Westen zu zivilisieren? Warum fangen Sie Sie nicht bei einem bestimmten Menschen an? Horace könnte viel von Ihnen lernen.«

Henrietta runzelte die Stirn. »Ich weiß nicht . . .«

»Henrietta, er ist den weiten Weg gekommen, um Sie wiederzusehen. Und nach dem Gesetz ist er Ihr Mann, daran ist nicht zu rütteln. Sie sollten ihm zumindest die Gelegenheit geben, alles loszuwerden, was er auf dem Herzen hat.«

Henrietta warf einen zweifelnden Blick auf ihren verlegenen Mann und straffte dann die Schultern. »Horace, wir werden in den Salon gehen. Du darfst mir den Hof machen.«

»Wir könnten uns hier eine Weile küssen«, meinte Sloan. Er und Brianne waren die einzigen Gäste im Speisesaal. »Und dann könnten wir woanders hingehen.«

Sie stand auf, ging um den Tisch herum und setzte sich auf seinen Schoß. »Wohin zum Beispiel?« Sie beugte sich vor und gab ihm den verlangten Kuß.

»In den Salon«, schlug er vor und erwiderte leidenschaftlich ihren Kuß.

Sie schmiegte sich an ihn. »Dort sind Henrietta und Horace.«

»Die Veranda.«

»Ich glaube, da sitzt Kam.«

»Dann« – er küßte sie und strich mit der Hand über ihre Brust – »sollten wir vielleicht nach oben in dein Zimmer gehen.«

»Das Zimmermädchen könnte gerade aufräumen.«

»Dann eben in mein Zimmer.« Die Spitzen ihrer Brust verhärteten sich unter seinen Händen, und seine Liebkosungen wurden fordernder. »Plötzlich möchte ich viel mehr als dich nur küssen.«

»Alarm! Alarm!« Kamanahua kam in den Saal gestürzt.

Brianne und Sloan fuhren auseinander und standen hastig auf. Brianne glättete verlegen ihr Kleid. »Was ist denn los, Kam?«

»Die Missionare sind gelandet!«

Das Begehren pochte noch so heftig in Sloans Adern, daß er den Blick nicht von Brianne wenden konnte. Ihr Gesicht war gerötet von seinen Küssen. »Chango ist keine Hafenstadt, Kam«, bemerkte er zerstreut. »Hier können weder Schiffe anlegen noch Menschen an Land gehen.«

»Es ist passiert! Sie sind hier!« Kamanahuas Brust hob und senkte sich vor Erregung in rascher Abfolge.

»Kam, beruhige dich doch. Bis jetzt hast du jeden Menschen, der dir begegnet ist, für einen Missionar gehalten, einschließlich mir, und du hast dich noch jedesmal geirrt.«

»Nein, nein, sie sind gelandet!« Er packte sie bei der Hand, zerrte sie zum Fenster und zeigte aufgeregt nach draußen. »Hör nur!«

Brianne traute ihren Augen kaum . . . und ihren Ohren. Kamanahua hatte recht. Ein Planwagen mit sechs schwarzgewandeten Männern und Frauen rollte die Main Street hinunter. Auf dem Kutschbock thronten ein Mann und eine Frau; die übrigen hatten es sich hinten bequem gemacht, hielten aufgeschlagene Gesangbücher in der Hand und sangen aus voller Kehle einen trübseligen Choral.

Dicke Tränen strömten über Kams Gesicht. »Mach, daß sie aufhören mit diesem gottgefälligen Lärm!«

»Kam, das ist doch nur ihre Art, Gott zu verehren. Und es ist nur ein Lied. Kein Grund, sich aufzuregen.«

»Ich verstecke mich«, verkündete er.

»Nein, Kam«, widersprach sie energisch. »Du hast dich lange genug vor diesen Leuten versteckt. Wir gehen jetzt hinaus und reden mit ihnen.«

Der Lenker des Wagens, ein großer, dürrer Mann mit einem hageren Gesicht und einem langen Backenbart, stieg gerade vom Kutschbock, als sie auf die Veranda hinaustraten. Beim Anblick von Kamanahua erhellte sich seine düstere Miene ein wenig.

»Kamanahua, mein Sohn, endlich haben wir dich gefunden!«

Brianne trat ein paar Schritte vor, dicht gefolgt von Kamanahua. »Ich bin Brianne Delaney, eine Freundin von Kam.«

Der Mann zupfte an seinem steifen Kragen, dem einzig hellen Fleck in seiner ansonsten tiefschwarzen Kleidung. »Sehr erfreut, Miß Delaney. Ich bin Bruder Jedidiah, und das ist Schwester Ruth, meine Frau.«

Schwester Ruth war eine winzige Frau mit eingesunkenen Schultern. Mit Hilfe ihres Mannes kletterte sie vom Kutschbock. Als sie auf dem Boden stand, legte sie die Hände wie zum Gebet gefaltet an ihre Brust und spähte unter dem Rand ihrer Haube zu Brianne hinüber. Sie erinnerte Brianne unwillkürlich an ein Zwerghuhn, allerdings ohne jedes Anzeichen von Keckheit.

Bruder Jedidiah fuhr fort: »Und das sind unsere Mitreisenden Bruder Albert, Schwester Sarah, Bruder Markum und Schwester Gettrude.« Seine stechenden Augen hefteten sich auf Kamanahua. »Wir sind gekommen, um einen Heiden vor den Abgründen der Hölle zu bewahren.«

»Ihre Mission ist gewiß sehr anerkennenswert, Bruder Jedidiah, aber falls es sich bei dem Heiden, auf den Sie anspielen, um Kam handelt, fürchte ich, daß er nicht daran interessiert ist, mit Ihnen zu reden.«

Bruder Jedidiah richtete sein knochiges Gestell zu seiner vollen Höhe auf. »Wer sind Sie, gute Frau, daß Sie es wagen, seiner Erlösung im Weg zu stehen?«

»Meinen Sie nicht eher, daß ich dem Raub des Landes im Wege stehe, das ihm und seinen Vorfahren gehört?«

Er stützte einen Fuß auf die Verandatreppe und gestikulierte abwehrend. »Die Aufgabe ihres Landes ist für die Heiden auf Hawaii der einzige Weg, sich von ihren Götzen und ihrem Aberglauben freizumachen.«

»Und ganz gewiß der leichteste Weg, um Ihre Taschen zu füllen.«

Bruder Jedidiah schaute Brianne herablassend an, eine wahre Meisterleistung, da sie ein paar Stufen über ihm stand. »Ein wahrer Christ ist über jeden Streit erhaben, aber nur zu Ihrer Aufklärung, unser Auftrag, Kamanahua in die Missionsschule von Boston zu bringen, ist von höchster Bedeutung.«

»Aber er will nicht dorthin.«

»Die Hawaiianer sind wie Kinder. Man muß sie leiten und führen.«

»Ihre Lebensart mag der Ihren nicht ganz entsprechen, Bruder Jedidiah, aber sie hat ihnen jahrhundertelang gute Dienste erwiesen. Die Hawaiianer sind ein glückliches Volk, ohne Krankheiten und Seuchen.«

Er richtete einen Finger himmelwärts. »Und ohne jedes Schamgefühl. Miß Delaney, Sie wissen nicht, wovon Sie sprechen, das versichere ich Ihnen.«

»Und ich versichere Ihnen, daß niemand diesen Jungen zwingen wird, irgendwohin zu gehen.«

Bruder Jedidiah blinzelte sie an. Offensichtlich war er es nicht gewohnt, daß eine Frau ihm widersprach. Sein Blick fiel auf Sloan, der hinter Brianne stand. »Sir, Sie erkennen doch sicher die Stichhaltigkeit meiner Argumente an. Ich beschwöre Sie, diese eigensinnige junge Dame zurechtzuweisen und ihr zu zeigen, an welchen Platz eine Frau gehört.«

Sloan beugte sich vor und raunte ihr zu: »Miß Delaney, ich glaube, ich habe bereits erwähnt, wo Ihr Platz ist. In meinem Schlafzimmer. Bruder Jedidiah wäre sicher ganz meiner Meinung.«

Brianne warf ihm einen drohenden Blick zu.

Bruder Jedidiah bedeutete seinen Begleitern, sich um ihn zu scharen. Nach einer kurzen Beratung richtete er das Wort wieder an Brianne. »Aus christlicher Nächstenliebe habe ich mich zu dem Entschluß durchgerungen, daß wir uns auf den Weg machen, sobald Kamanahua dieses Dokument unterzeichnet hat.« Er zog ein zusammengefaltetes Stück Papier aus seiner Rocktasche.

Briannes Vertrauen in die schwarzgewandete Gruppe war gleich Null. »Lassen Sic mich sehen, was das ist.«

Er stieg die Treppe hinauf und reichte ihr das Dokument. Nach einem kurzen Blick sah Brianne verwirrt zu Bruder Jedidiah. »Aber dieses Papier erfordert die Unterschrift des Königs von Lakahani.«

Bruder Jedidiahs düstere Miene wurde noch ernster, und er verkündete mit salbungsvoller Stimme: »Es ist meine traurige Pflicht, Kamanahua davon zu informieren, daß sein Vater, der König, an jenen dunklen Ort abberufen wurde, wo ewiges Feuer brennt. Es bereitet mir großen Schmerz, es einzugestehen, aber beklagenswerterweise waren wir nicht fähig, ihn zu bekehren.«

Kamanahua, der sich hinter einen Verandapfosten

zurückgezogen hatte, stieß einen herzzerreißenden Klageschrei aus.

Brianne legte einen Arm um ihn. »Kam, es tut mir so leid.«

Bruder Jedidiah sah sich veranlaßt, auf seine Weise Trost zu spenden. »Es war unvermeidlich, mein Sohn. Der König huldigte so vielen Todsünden – Faulheit und Völlerei, um nur zwei zu nennen –, daß er schließlich Opfer seines vorgerückten Alters und seines sündigen Lebenswandels wurde.«

Kamanahua stammelte einige Worte in seiner Heimatsprache und begann, laut zu wehklagen. Sein Kummer und sein Schmerz waren erschütternd.

»Bruder Jedidiah, wenn Sie noch ein Wort sagen«, fuhr Brianne den Missionar an, »werden Sie Ihrem Schöpfer selbst einen Schritt näherkommen! Komm, Kam, Sloan und ich bringen dich nach oben in dein Zimmer.«

Kamanahua ließ seinem Schmerz den ganzen Nachmittag freien Lauf. Er blieb in seinem Zimmer, schluchzte und jammerte, verweigerte jede Nahrung oder Getränke und lebte auf diese Weise seine Trauer so aus, wie es seit alters her in seiner Heimat Brauch war. Sein lautes Klagen drang in jeden Raum des Hotels, aber niemand konnte ihm Trost bieten.

»Wir müssen abwechselnd auf ihn aufpassen, um zu verhindern, daß er sich etwas antut«, sagte Brianne zu Sloan, Phineas und Henrietta.

»Ich übernehme die erste Wache«, bot Henrietta an. »Armer Junge, der Tod seines Vaters war ein furchtbarer Schock für ihn. Horace, du darfst mitkommen und mir Gesellschaft leisten.«

Der bullige Mann, der verlegen auf der Veranda herumgelungert hatte, strahlte. »Vielen Dank, Henrietta.«

Die unzähligen Runzeln in Phineas' Gesicht verzogen sich in aufrichtiger Anteilnahme. »Der Junge tut mir wirklich leid.«

Sloan griff schweigend nach Briannes Hand. Sie lächelte ihm zu, dankbar für den Trost seiner Gegenwart. Zu Phineas gewandt, sagte sie: »Ich denke, zumindest im Augenblick können wir nicht mehr tun, als ihm zeigen, daß er unsere Liebe und unsere Unterstützung hat.«

»Die zweite Wache übernehme ich«, erklärte Phineas. »Und wenn es nötig ist, bleibe ich die ganze Nacht bei ihm.«

»Danke, Phineas. Das ist sehr nett von Ihnen.«

»Ich tue es gern. Der Junge ist mir richtig ans Herz gewachsen.«

Erst knapp vor Sonnenuntergang brach Kamanahuas Wehgeschrei ab. Seine Freunde, die sich auf der Veranda des Hotels versammelt hatten, wechselten besorgte Blicke.

»Was kann das bedeuten?« fragte Henrietta.

»Keine Ahnung«, murmelte Brianne. Sie sah sich um. Das Wetter schien umzuschlagen. Wenn sie nicht alles täuschte, stand ihnen heute noch ein Sturm bevor.

Plötzlich trat Kamanahua aus der Tür. Brianne fiel auf, daß seine Augen trocken waren. Er wirkte wie immer, doch irgend etwas an ihm schien sich verändert zu haben. Er hatte die Arme über der Brust gekreuzt und stand so majestätisch und entschlossen vor ihnen, wie sie es noch nie erlebt hatten. Ohne zu zögern, ging er auf die Straße, wo die sechs Missionare warteten.

Brianne raffte ihre Röcke und lief ihm nach. »Kam, ist alles in Ordnung?«

Er nickte feierlich. »Mein Vater ist tot, Brianne. Ich bin jetzt König von Lakahani.«

»Ja, das stimmt.«

Bruder Jedidiah erhob die Stimme. »Da du jetzt der König bist –«

Brianne warf ihm einen drohenden Blick zu. »Lassen Sie ihn in Ruhe! Seine Seele interessiert Sie doch überhaupt nicht, nur sein Land! Sie haben ihn gegen seinen Willen aus seiner Heimat weggeschleppt und ihm solche Angst vor Ihnen und dieser Schule in Boston eingejagt, daß er weglief.«

Kamanahua hob eine Hand. »Brianne, du bist eine Göttin, du mußt mich nicht länger schützen. Ich bin jetzt König, und ein König hat keine Angst.«

»Ja, du bist ein König, Kamanahua«, bestätigte Bruder Jedidiah eifrig. »Deine Handlungen müssen über jeden Tadel erhaben sein. Du mußt ein Vorbild für das Volk von Lakahani sein. Du darfst nicht länger Götzen anbeten, sonst kommst auch du, genau wie dein Vater, an jenen dunklen Ort, wo ewig Feuer brennt.«

»Du lügst, Bruder Jedidiah!« sagte Kam so scharf, daß Schwester Ruth nach Luft schnappte. »Mein Vater ist in die Welt von kühlen Wassern, freundlichen Winden und hellen Sonnen gegangen.«

Bruder Jedidiah schnalzte ungeduldig mit der Zunge. »Ein Heide kommt nicht in den Himmel, König Kamanahua.«

Kamanahua schlug sich mit der Faust auf die Brust. »Ich bin kein Heide. Ich bin ein Hawaiianer!«

Bruder Jedidiah öffnete den Mund, um etwas darauf zu entgegnen, aber Sloan, der zu Brianne getreten war, kam ihm zuvor. »In diesem Punkt können Sie ihm kaum widersprechen.«

»Nein, wirklich nicht«, stimmte Brianne zu. »Und ich hielte es für eine exzellente Idee, wenn Sie mitsamt Ihren Brüdern und Schwestern schleunigst die Stadt verlassen würden.«

Der Missionar nickte feierlich, aber ein winziges Licht

blitzte in seinen Augen auf. »Vielleicht haben Sie recht, Miß Delaney. Wir nehmen König Kamanahua mit uns. Er muß in seine Heimat zurückkehren, und wir werden ihn begleiten. Er wird Anleitung und Führung brauchen.«

Brianne sah unsicher zu Kam. Leider hatte Bruder Jedidiah recht. Da Kam jetzt König war, mußte er auf seine Insel und zu seinem Volk zurückkehren. »Was möchtest du tun, Kam?«

Bruder Jedidiah zog das Dokument hervor, das Kamanahua hatte unterzeichnen sollen, und drückte es an seine Brust.

Kamanahua ignorierte ihn. »Ich habe vermißt das Rollen der Wellen, das Schreien der Seevögel, das Schwanken der Palmen. Und mein Volk wird wünschen, meinen Körper auf der Insel zu haben. Ich muß gehen. Ich werde ein großer König sein und viele Frauen haben und große Zahlen von Kindern.«

Bruder Jedidiah schwenkte aufgeregt das Dokument durch die Luft. »Du und dein Volk, ihr könnt nicht überleben, wenn ihr eigensinnig an den alten Gebräuchen festhaltet. Der Zorn Gottes wird euch treffen!«

Kamanahua sah sich mit wildem Ausdruck in den Augen um, entdeckte eine Schachtel Streichhölzer auf dem Sims neben der Eingangstür, stürzte die Treppe hinauf, schnappte sich die Schachtel und riß sie auf. Streichhölzer flogen in alle Richtungen, aber als er sich umdrehte, hielt er ein Streichholz in der Hand. Drei schnelle Schritte brachten ihn wieder auf die Straße. Er rieb das Streichholz an seinem Daumennagel, riß dem benommenen Missionar das Dokument aus der Hand und hielt es unter die Flamme. »Nun zeigt Pele ihren Zorn!«

Nachdem das Dokument zu Asche verbrannt war, pflanzte er sich breitbeinig auf und verkündete mit Donnerstimme: »Später, wenn die Stunde kommt, rufe ich die Missionare. Aber nie werde ich mein Land hergeben. Und meine Söhne auch nicht. Und wenn Missionare kommen, bist du nicht dabei, Bruder Jedidiah!«

Oben auf der Veranda rief Henrietta laut: »Bravo!«

»Gut gemacht, Junge!« fiel Phineas ein.

Bruder Jedidiah wandte sich zu seiner Frau und seinen Gefährten um. »Wir sind gescheitert. Offensichtlich ist dies eine heidnische Stadt, und Satan hat diese irregeleiteten Sünder völlig in seiner Gewalt. Überlassen wir sie ihren bedauerlichen Irrwegen und wenden wir uns anderen Gewässern zu, um unsere Netze auszuwerfen.«

Sie marschierten zu ihrem Lagerplatz hinter dem Hotel, und während der nächsten Minuten ertönten gemurmelte Gebete, die gelegentlich mit einem lauten ›Amen!‹ oder ›Hosiannah!‹ unterstrichen wurden.

Brianne wandte sich zu Kamanahua. »Ich bin so stolz auf dich, Kam! Und du weißt hoffentlich, daß Sloan und ich dir helfen werden, so gut wir können. Wir sorgen dafür, daß du so schnell wie möglich auf ein Schiff kommst, das dich nach Lakahani bringt. Diesmal können wir dich leider nicht begleiten, aber wir kommen bestimmt einmal, um dich zu besuchen.«

Er strahlte. »Das macht glücklich! Und ich werde den großen Ozean nicht wieder verlegen!«

Brainne sah besorgt zu Sloan. »Ich habe ein bißchen Angst, ihn ganz allein auf diesen weiten Weg zu schicken.«

Phineas kam die Veranda hinuntergehüpft und trat zu ihnen. »Ich bin ohnehin ständig auf Reisen. Vielleicht begleite ich Kam.«

Brianne grinste. »Hat dieser Wunsch, mit Kam zu gehen, möglicherweise etwas mit dem aufgebrachten Gentleman zu tun, der hinter Ihnen her ist, seit Sie ihm Ihr scheußliches Schlangengift als Medizin angedreht haben?«

»Es trifft zu, daß Mr. Fairfields unselige und völlig abwegige Vorstellung, meine Medizin könnte die Ursache für diverse peinliche Nebenwirkungen sein, der Grund ist, daß er eine baldige Abreise in Erwägung zieht. Aber außerdem haben Kam und ich große Sympathien füreinander entwickelt, und es gibt meiner Ansicht nach eine Basis für eine zukünftige Partnerschaft zwischen uns beiden.«

Sie schüttelte belustigt den Kopf. »Alles in allem klingt es nach einer wunderbaren Lösung. Sie sind außer Gefahr und können gleichzeitig verhindern, daß Kam in irgendwelche Schwierigkeiten kommt.«

Sloan beugte sich vor und flüsterte ihr ins Ohr: »Das soll wohl ein Witz sein?«

»Wir müssen uns alle noch lange unterhalten, bevor Sie und Kam aufbrechen«, fügte Brianne hastig hinzu.

Phineas nickte. »Fein, fein. Wer weiß? Vielleicht sagt mir das Leben in den Tropen zu. Kam, wir zwei ziehen uns jetzt in den Speisesaal zurück, um einen kleinen Imbiß zu nehmen, und du erzählst mir bei der Gelegenheit etwas mehr über deine Heimat.«

Der kleine Mann und der riesige Junge stiegen eifrig redend und gestikulierend die Treppe hinauf. Brianne fiel auf, daß Horace und Henrietta es sich auf der Veranda auf zwei Sesseln bequem gemacht hatten, die erfreulich nah beieinander standen.

Sloan nahm Briannes Hand und küßte sie. Das Herz voller Freude und Glück, sah sie ihm in die Augen. »Und warum machst du auf einmal so ein zufriedenes Gesicht?«

»Ganz einfach. Die Probleme von Kam, Phineas und Henrietta haben sich endlich in Wohlgefallen aufgelöst. Du hast dafür gesorgt, daß George von seinem ständig betrunkenen Vater wegkommt und in Killara leben und zur Schule gehen kann. Nachdem du alle deine Küken so vorbildlich bemuttert hast, bleibt dir in Zukunft vielleicht etwas mehr Zeit für mich. Ich muß gestehen, ich freue mich auf ein wenig Ruhe und Frieden.«

Beide vernahmen es im selben Moment – ein Dröhnen,

fast wie Donnerschlag, das immer lauter und lauter wurde. Sloans Körper spannte sich an, aber Brianne lachte nur. »Ich fürchte, auf Ruhe und Frieden müssen wir noch ein Weilchen warten.«

Eine riesige Staubwolke erhob sich am Südende der Stadt; das Donnern von Hufschlägen war jetzt deutlich zu hören.

Sloan nahm Brianne am Arm und zog sie zur Hoteltreppe. »Ich habe keine Ahnung, wer oder was da auf uns zukommt, aber wir sollten auf jeden Fall gerüstet sein. Geh nach oben und hol deinen Revolver.«

»Ein Delaney richtet niemals die Waffe auf einen anderen Delaney.«

»Du meinst . . .«

»Ich meine, du wirst in Kürze meine Familie kennenlernen, zumindest einen Teil von ihr.«

Ein Dutzend Männer galoppierte in halsbrecherischem Tempo auf schweißbedeckten Pferden die Straße hinunter. Erst knapp vor dem Hotel rissen sie die Zügel straff zurück.

Ein großer, schlanker Mann mit stahlharten graublauen Augen war der erste, der aus dem Sattel stieg. Brianne stürzte sich auf ihn und fiel ihm um den Hals. »Dom, ich bin ja so froh, daß du da bist! Ich war nicht sicher, ob du mit den anderen kommen würdest, weil du doch in St. Louis warst.«

»Ich bin kurz vor der Stadt auf die anderen gestoßen.« Sein Blick wurde weich, als er Brianne ansah. »Gibt es etwas Neues über Patrick?«

»Ja, wir haben ihn gefunden. Das heißt, eigentlich war es Sloan.«

»Gott sei Dank«, murmelte er und richtete dann einen fragenden Blick auf Sloan, der hinter Brianne stand.

Brianne griff nach Sloans Hand und zog ihn nach vorn, den Blick voller Liebe zu ihm emporgewandt. »Sloan, das ist Dominic Delaney, mein Onkel. Dom, das ist Sloan Lassiter.« Die beiden Männer nickten einander kurz zu. Briannes

Lächeln vertiefte sich, als sie nacheinander vier weitere Männer umarmte, die vom Pferd gestiegen waren und sie jetzt umringten. »Das sind Falcon, Cort, Sean und Joshua Delaney.«

»Gentlemen.« Sloan nickte und musterte die fünf Delaneys unauffällig. Schon einer allein hätte eindrucksvoll gewirkt; zusammen wirkten sie fast bedrohlich, wenn auch nicht auf ihn.

Die Delaneys beäugten ihn mißtrauisch, und Sloan war leicht amüsiert. Offensichtlich war ihnen der liebevolle Ausdruck auf dem Gesicht ihrer Nichte nicht entgangen. Und es war kaum zu übersehen, daß ihre kleine Prinzessin ihnen sehr viel bedeutete. Er machte sich auf eine genaue Überprüfung seiner Person gefaßt.

»Wo war Patrick?« wollte Falcon wissen.

Sloan antwortete ihm. »Drei Brüder hatten ihn sich geschnappt und auf ihrer kleinen Farm versteckt. Sie benutzten Äther, um ihn zu betäuben, aber zu dem Zeitpunkt, als ich ihn aufstöberte, hatte er sich bereits erholt.«

»Wann sind sie gehenkt worden?« fragte Dominic.

Brianne räusperte sich. »Äh . . . es wurde niemand gehenkt.«

»Okay, und wann ist es soweit?«

»Dom, Patrick ist nichts geschehen, und, na ja . . .« Sie wirbelte zu Joshua herum. »Die drei Brüder, die Patrick gekidnappt haben, heißen Grimes, Odis, Hannibal und Lester Grimes. Sie behaupten, du hättest sie während eines Viehtrecks gefeuert.« Joshua machte ein verwirrtes Gesicht, und sie fügte hinzu: »Hannibal schoß auf ein Kaninchen und löste dadurch eine Stampede aus.«

Joshua schien zu begreifen. »Lieber Himmel, die drei haben zusammen nicht mehr Verstand als ein Huhn!«

»Stimmt genau, und deshalb taten sie Patrick leid –«

Unterschiedliche Grade von Mißbilligung zeichneten sich

auf den Mienen der fünf Delaneys ab. Doms Mund verhärtete sich. »Ich kann nicht behaupten, daß ich Mitgefühl für die drei Typen habe. Sollen wir etwa für nichts und wieder nichts diese verdammte Strecke geritten sein?«

Brianne zuckte die Achseln. »Patrick schläft zwar immer noch und erholt sich von den Strapazen eines nächtlichen Pokerspiels, aber er dürfte bald aufstehen. Am besten redet ihr mit ihm darüber.«

»Ich bezweifle, daß das etwas nützt. Er scheint genauso weichherzig wie seine Schwester zu sein«, bemerkte Sloan lässig. »Er hat versprochen, ihnen das Lösegeld zu zahlen, damit sie einen neuen Start wagen können.«

Die Blicke aller Delaneys richteten sich jetzt auf Sloan, und ihnen entging nicht, daß seine Hand auf Briannes Schulter ruhte.

»Wie war doch gleich Ihr Name?« erkundigte Falcon sich.

Brianne stemmte die Hände in die Hüften. »Du weißt sehr gut, wie er heißt. Und um dir die Mühe zu sparen, ihn selbst zu fragen, er kommt aus New York und ist Unternehmer. Und noch etwas.« Sie holte tief Luft. »Ich liebe ihn.«–

Ihre Erklärung wurde mit eisigem Schweigen aufgenommen.

Brianne lächelte sonnig. »Ihr werdet ihn mögen. Sloan könnte fast ein Delaney sein.«

Angesichts Briannes strahlenden Glücks löste sich die Spannung ein wenig.

Sean grinste sogar. »Ich bin nicht sicher, ob das eine Empfehlung ist, Bri. Wir hatten eigentlich gehofft, du würdest dir jemanden angeln, der etwas . . . zahmer ist.«

# 12

Dominic Delaney wartete in der Halle, als Sloan etwas später zum Abendessen herunterkam. Er neigte höflich den Kopf, als Sloan die unterste Stufe erreichte. »Mr. Lassiter.«

Sloan hatte etwas Ähnliches erwartet. Er hatte nicht gewußt, welcher von Briannes Verwandten vorgeschickt werden würde, um ihn genauer unter die Lupe zu nehmen, aber es überraschte ihn nicht, daß es Dominic war. Vom ersten Moment an hatte er Dominic Delaney als gefährlichen Mann eingeschätzt, und Briannes Verwandte legten sicher Wert darauf, daß er sich einer unterschwelligen Bedrohung bewußt wurde. Er erwiderte den Gruß mit einem kühlen Nicken.

»Ich glaube, wir haben einiges zu besprechen.« Dominic deutete auf den Salon. »Vor dem Dinner.«

»Und falls unser Gespräch Sie nicht zufriedenstellt, haben Sie vermutlich die Absicht, mich von der festlichen Familientafel auszuschließen?« fragte Sloan amüsiert.

Dominics eisig blaue Augen hielten seinem Blick ungerührt stand. »Stimmt genau.«

»Dann sollte ich Ihrer Bitte wohl lieber nachkommen.« Sloan schlenderte träge in den Salon. »Ich habe heute abend großen Appetit und würde es ganz und gar nicht begrüßen, wenn ich ihn ohne Gesellschaft befriedigen müßte.«

Im Salon war außer ihnen niemand, und Sloan trat an eins der Fenster und sah in die Dunkelheit hinaus. Draußen war der Sturm losgebrochen, und in unregelmäßigen Abständen ertönte Donnergrollen über ihren Köpfen. Sloan wartete auf Dominics Eröffnungszug; er kam augenblicklich.

»Heiraten Sie meine Nichte wegen ihres Geldes?«

»Ich habe bereits gehört, daß die Delaneys so reich wie Krösus sind«, erwiderte Sloan, ohne sich umzuwenden,

»aber ich habe es nicht nötig, Brianne des Familienvermögens wegen zu heiraten. Im übrigen habe ich sie bis jetzt noch nicht gebeten, meine Frau zu werden.«

Tödliches Schweigen breitete sich im Raum aus.

»Darf ich das so verstehen, daß Sie nicht die Absicht haben, Brianne um ihre Hand zu bitten?« fragte Dominic mit trügerisch sanfter Stimme.

»Sie dürfen annehmen, was Sie wollen.« Sloan drehte sich um. »Ich habe nicht die Absicht, Ihnen Rede und Antwort zu stehen wie ein stotternder Tölpel vom Land, der zum erstenmal um eine Frau wirbt.«

Dominics Augen verengten sich. »Nein?«

»Nein, zum Teufel.« Sloans Lippen wurden schmal. »Zuerst fand ich es noch komisch, aber jetzt würde ich Ihnen am liebsten sagen, Sie sollen zur Hölle fahren, und wenn ich nicht wüßte, daß es Brianne unglücklich machen würde, würde ich genau das tun.« Er hob einen Finger und richtete ihn auf Dominic. »Aber zufällig liebt sie ihre Familie sehr, deshalb sehe ich mich gezwungen, höflich zu bleiben, um Brianne Kummer zu ersparen.«

Dominic musterte ihn mit ausdrucksloser Miene. »Geht es Sie denn etwas an, ob Brianne unglücklich ist oder nicht?«

»Verdammt viel sogar«, sagte Sloan ruhig. »Und das ist der einzige Grund, warum ich Ihnen und dem Rest der Familie alles erzählen werde, was Sie so gern wissen wollen.« Er verschränkte lässig die Arme über der Brust und sah Dominic unverwandt an. »Erstens. Ich habe genug Geld, um Brianne mit all dem Luxus zu umgeben, den sie gewohnt ist, vielleicht sogar mehr. Zweitens. Ich liebe sie so sehr, daß es Ihre Vorstellungskraft übersteigt. Drittens. Ich bitte sie, mich zu heiraten, wann und wie es mir paßt, und das lasse ich mir ganz gewiß nicht von ihrer Familie diktieren, verstanden?«

Dominics Augen forschten in Sloans Gesicht, dann trat

langsam die Andeutung eines Lächelns auf seine Lippen. »Ich denke, Sie haben sich einigermaßen klar ausgedrückt.«

Sloan hatte das Gefühl, ein Revolver, der auf sein Herz gezielt hatte, wäre plötzlich wieder in den Halfter geschoben worden. »Ich habe es versucht«, sagte er müde. »Gott weiß, warum Brianne mich liebt. Alles lief falsch, seit dem Moment, als wir uns begegneten; nichts war, wie es hätte sein sollen oder . . .« Er brach ab. »Aber ich habe die Chance, all das wiedergutzumachen, also kommen Sie mir gefälligst nicht in die Quere.«

Ein schwer zu deutender Ausdruck huschte über Dominics Gesicht. »Wir werden sehen«, antwortete er. Er wandte sich zur Tür, blieb dann aber stehen und drehte sich zu Sloan um. »Ich glaube, Sie haben mir die Wahrheit gesagt, und da ich Ihre Aufrichtigkeit zu schätzen weiß, möchte ich Ihnen ebenfalls einen Gefallen tun. Erstens. Wir werden in New York Erkundigungen über Sie einziehen, um sicherzugehen, daß Sie auf ehrliche Weise zu Ihrem Geld gekommen sind. Zweitens. Wir geben Ihnen Zeit, Brianne einen Antrag zu machen, aber es sollte bald passieren. Drittens. Wenn Ihre Beziehung zu Brianne bisher nicht im üblichen Rahmen verlaufen ist, ist es doch nur wahrscheinlich, daß sie darauf wartet, von Ihnen zu hören, daß Sie den Rest Ihres Lebens mit ihr verbringen wollen, oder? Sie mag nicht die erste Frau sein, die in Ihrem Leben eine Rolle spielt, aber Sie sind der erste Mann für Brianne. Sie hat ein Recht darauf, Ihre Absichten *jetzt* zu erfahren, nicht erst dann, wenn Sie es für richtig halten.«

Dominics Worte versetzten ihm einen Stich. »Ich werde darüber nachdenken.«

»Tun Sie das.« Plötzlich lächelte Dominic mit echter Herzlichkeit. »Noch etwas.«

»Ja?«

Dominic verneigte sich leicht. »Würden Sie der Delaney-

Familie beim Dinner das Vergnügen Ihrer Gesellschaft erweisen, Mr. Lassiter?«

Die beiden Männer wechselten einen Blick, der gegenseitigen Respekt und beginnendes Verstehen enthielt.

Sloan ließ die Arme sinken und erwiderte die Verbeugung. »Es ist mir eine Ehre, Mr. Delaney.«

Der blaue Taft des eleganten Abendkleids, das Brianne für das Dinner ausgewählt hatte, schillerte im Lampenlicht, als sie in ihrem Zimmer vor der Kommode stand und ihr Haar bürstete. Zarte Spitzen säumten den runden Ausschnitt, eine Reihe winziger Perlknöpfe zierte den Rücken, und üppige Volants ergossen sich in eine lange Schleppe.

Als Sloan das Zimmer betrat, lächelte sie ihm im Spiegel zu. »Hast du etwas vergessen? Oder werden die anderen schon ungeduldig? Ich bin fast fertig. Ich muß nur noch mein Haar aufstecken.«

Er erwiderte ihr Lächeln. »Ja, ich habe etwas vergessen. Und nein, die anderen werden nicht ungeduldig.«

Sie hob ihr schweres schimmerndes Haar, schlang es zu einem Chignon und griff nach den Haarnadeln. »Was hast du denn vergessen?«

Er trat zu ihr, zog ihre Hände aus dem Haar und drehte sie zu sich herum. Eine Flut roter Locken wogte über den saphirblauen Taft. »Laß dein Haar, wie es ist. Es sieht wunderschön aus.«

»Aber das Dinner –«

»Vergiß das mal einen Moment. Komm, setz dich.«

Trotz seines Lächelns beunruhigte sie sein seltsames Benehmen. »Sloan, was ist los?«

Er wartete, bis sie nebeneinander auf dem Sofa saßen, bevor er ihre Frage beantwortete. »Ich muß dich um Verzeihung bitten.«

Zuerst glaubte sie, er wollte einen Scherz machen, und

fast hätte sie gelacht. Aber dann sah sie ein Glitzern in seinen goldenen Augen, das ihr verriet, daß es ihm ernst war. »Warum?«

Schwere Regentropfen prasselten gegen die Fensterscheibe, aber der Kamin, den eine herrliche Einlegearbeit aus blauen und grünen Kacheln zierte, verbreitete eine wohlige Wärme im Raum und warf ein weiches Licht über die Möbel und die beiden Menschen auf dem Sofa.

Er griff nach ihren Händen. »Vor zwei Wochen, an dem Tag, als ich nach Chango kam, hat es auch geregnet«, sagte er. »Seither hat sich viel ereignet, und wir beiden haben viel durchgemacht, aber das entschuldigt nicht die Tatsache, daß ich etwas sehr Wichtiges vergessen habe.«

»Was?«

»Ich habe dich noch nicht gebeten, meine Frau zu werden.«

Ihr stockte der Atem, als ihr bewußt wurde, daß Sloan ihr soeben einen Heiratsantrag gemacht hatte.

Er berührte sanft ihr Haar. »Es kam mir so selbstverständlich vor, daß unsere Liebe nicht anders enden könnte. Dummerweise habe ich vergessen, meine Gedanken in Worte zu fassen. Es tut mir leid.«

Sie legte einen Finger auf seine Lippen. »Das muß es nicht. Ich war die letzten Tage so unglaublich glücklich, Sloan. In meinem Herzen habe ich immer gewußt, daß wir den Rest unseres Lebens zusammenbleiben werden.«

Er lächelte sie voller Liebe an. »Heirate mich, Brianne. Du sollst meine Frau sein, meine einzige Liebe, für alle Zeiten.«

»Ja«, hauchte sie. »Ja.« Sie schmiegte sich in seine Arme.

Er hielt sie fest an sich gepreßt; seine Augen waren geschlossen, seine Stimme klang rauh. »Ich kam nach Chango in der Erwartung zu sterben. Und statt der Aussicht auf den Tod oder, schlimmer noch, endlose Jahre der Einsamkeit, liegt jetzt ein Leben mit dir an meiner Seite vor mir. Nur eine Frage kann ich nicht beantworten: Wie werde ich dich je so lieben können, wie du es verdienst?«

Sie hob den Kopf und lächelte ihn an, ihre Augen feucht von Tränen des Glücks. »Es wird so leicht gehen, daß du dir nicht einmal Mühe geben mußt.«

Er lachte, ein befreites Lachen, bar jeder Bitterkeit oder Verachtung. »Du bist so schön«, sagte er, »dein Körper wie deine Seele.«

Sie lehnte glücklich den Kopf an seine Brust.

Tiefe Zufriedenheit erfüllte ihn, ein Gefühl von Wärme und Frieden. »Vor uns liegt noch soviel, Brianne. Wenn du nicht willst, brauchen wir uns nicht oft in New York aufzuhalten, aber es wäre unsinnig, alle meine Unternehmen aufzugeben. Ich habe vor, mein jetziges Haus meiner Stiefmutter zu schenken. Und wir bauen uns ein neues Haus, vielleicht an der Fifth Avenue.«

»Fifth Avenue?«

»Wir könnten ein Stück Land kaufen, das an Killara grenzt, oder uns zumindest irgendwo in der Nähe niederlassen und unsere eigene Ranch aufbauen. Würde dir das gefallen?«

»Ich würde es lieben.«

»Ich auch. Und wir müßten nicht allzuviel hin und her reisen. Dank des Telegramms, das ich aufgegeben habe, bin ich jetzt einer der Hauptteilhaber einer Eisenbahngesellschaft. Ich werde einen Privatwaggon kaufen, in dem wir bequem reisen können.«

»Reisen macht mir inzwischen viel Spaß.« Sie hob den Kopf, um mit den Lippen seinen Hals zu streifen.

Er unterbrach das Ausspinnen seiner Zukunftspläne lange genug, um sie anzusehen. »Trotz allem, was geschehen ist?«

Sie legte einen Finger spielerisch auf seine Unterlippe. »*Wegen* allem.«

Er beugte sich vor, um sie zu küssen. »Brianne?«

»Mhm?«

»Wo würdest du gern heiraten? Und wann? Also, wenn es nach mir ginge, würde ich dich am liebsten in die nächste Kirche schleppen und auf der Stelle heiraten.«

Sie gluckste. »Laß dir eins sagen. Falls du Shamus und Malvina die Gelegenheit nimmst, in Killara die Hochzeit ihrer Enkeltochter vorzubereiten, wirst du die wahre Bedeutung des Wortes Angst kennenlernen.« Er lachte, und sie fuhr fort: »George wird natürlich dabeisein, und ich möchte, daß auch Kam und Phineas, Henrietta und Horace einen kleinen Umweg auf ihrem Weg nach Westen machen, um an unserer Hochzeit teilzunehmen.«

Sloan stöhnte, aber es war nur ein halbherziger Protest.

Briannes Reaktion bestand darin, zärtlich an seinem Kinn zu knabbern und ihre Zunge über seine Haut gleiten zu lassen. Sloan hätte fast vergessen, worüber sie sprachen.

Brianne nicht. »Sie wollen doch sowieso nach San Francisco. Killara liegt gar nicht weit vom Weg.«

»Die Landkarte, die du studiert hast, würde ich gern einmal sehen.«

Sie rückte ein Stückchen ab und sah ihn ernst an. »Es wird wundervoll werden. Killara hat eine hübsche kleine Kapelle. Alle unsere Freunde und Verwandte werden dasein. Silver Dove, Patricks Mündel, wird aus St. Louis kommen, zusammen mit Dominics Frau Elspeth und Victoria, Falcons Frau. Und du wirst meine Großeltern kennenlernen.«

Er schnitt eine übertriebene Grimasse. »O nein, noch mehr Delaneys!« Aber im nächsten Moment lächelte er sie zärtlich an. »Das klingt alles sehr schön. Solange ich dich heiraten darf – und zwar bald! –, werde ich all meinen Mut zusammennehmen und still und bescheiden in das Land der Delaneys einreiten.« Er zog sie an sich. »Und in der Zwischenzeit werde ich dir den Hof machen.«

Neugierig fragte sie: »Und was bedeutet das, bitte sehr?«

»Du bist die erste Frau, der ich je den Hof gemacht habe, und es soll ein unvergeßliches Erlebnis werden, mit viel Gelächter und genauso viel schönen, ruhigen Zeiten.«

»Und langen, langen Stunden im Bett?«

Er sah ihr in die Augen. »Nicht, bevor wir verheiratet sind. Ich möchte es richtig machen, Rotschopf. Die Zeit wird im Handumdrehen vergehen. Wenn ich das nächstemal mit dir ins Bett gehe, sollst du Mrs. Sloan Lassiter sein, und nichts und niemand wird uns je wieder trennen können.«

Ihr war fast schwindelig vor Glück. »Selbst im Paradies könnte es nicht schöner sein.«

»Das finde ich auch«, sagte er leise. »Übrigens, wo würdest du gern die Flitterwochen verbringen?«

»Was hältst du von Irland? Ich habe schon soviel über das Land gehört, aus dem meine Familie stammt, daß ich es gern einmal mit eigenen Augen sehen würde.«

»Meinetwegen, aber nach einem kurzen Aufenthalt könnten wir von dort nach Paris reisen. Ich möchte nicht allzu lange in Irland bleiben.«

»Warum nicht?«

Er legte einen Finger unter ihr Kinn. »Dort drüben stoßen wir bestimmt auf jede Menge Delaneys, und auf meiner Hochzeitsreise möchte ich mich auf *eine* Delaney konzentrieren. Auf dich, mein Liebling.«

Die Vorstellung entlockte ihr ein leises Lachen. »Dagegen läßt sich nichts sagen. Und vielleicht gibt es in Paris ja Erdbeeren . . .«

Er zog sie heftig an sich. »Brianne Delaney, als ich dir begegnete, habe ich mein Leben gefunden.«

# 13

Dumpfes Donnergrollen unterbrach Annas tiefen und traumlosen Schlaf, in den sie wie in eine weiche Wolke sank. Sie rührte sich ein wenig und spürte, daß Wesley hinter ihr lag, eng an sie geschmiegt, eine Hand sanft die Linien ihrer Hüften nachzeichnend. War es die Gewalt des Unwetters, die sie geweckt hatte, fragte sie sich, oder die Zärtlichkeit seiner Berührung?

Seine Hand wanderte ihren Körper hinauf zu ihrer Brust, und sie rollte sich auf den Rücken.

»Tut mir leid«, sagte er leise. »Ich konnte nicht schlafen.«

»Es braucht dir nicht leid zu tun.« Sie hob beide Hände und zog seinen Mund an ihren.

Ihr Begehren steigerte sich langsam, und Wesley drängte sie nicht. Es schien, als ob er dasselbe empfand wie sie – der Sturm, der draußen tobte, konnte ihnen nichts anhaben. Nicht heute nacht. Seltsamerweise schien ihnen die Tatsache, einander in den Armen zu halten, mehr Schutz zu bieten als die Mauern und das Dach des Hauses. Draußen war es kalt und bedrohlich; drinnen war es warm, sicher und schön.

Er stützte sich auf den Ellbogen, und im flüchtigen Licht eines kurz aufflackernden Blitzes sah sie sein Gesicht. Die Konturen waren hart wie immer, aber der jähe Lichtschein zeigte auch Zärtlichkeit. Der Eindruck verschwand mit dem Licht.

In der Dunkelheit des Zimmers fand er ihre Brust, und seine Lippen schlossen sich sanft um die Spitze, liebkosten sie mit einer Sinnlichkeit, wie Anna sie noch nie erfahren hatte. Heißes Verlangen wurde in ihr wach.

Gerade als ein Donnerschlag über ihren Köpfen krachte und fahles Licht kurz das Bett erhellte, hob er den Kopf. Sie sah seinen Mund, fest, gut geformt, die Unterlippe ein wenig voller – und unerwartet verletzlich.

Im nächsten Moment versank der Raum wieder in undurchdringliche Dunkelheit, schneller, als Anna blinzeln konnte, und ihr blieb das seltsame Gefühl, sich das grelle Licht und die verwundbsare Linie seiner Lippen nur eingebildet zu haben.

Sie schob ihre Hände über die glatte Haut seines Rückens und spürte die Muskeln, die sich deutlich abzeichneten.

Hitze durchflutete sie und schien dem Weg seiner Hände zu folgen, um ihre Brüste herum, hinunter zu ihrem Bauch. Als seine Finger durch das kleine Dreieck goldener Haare glitten und in die weiche Wärme zwischen ihren Schenkeln eintauchten, flammte loderndes Feuer in ihr auf, in einem Rhythmus mit dem rasenden Pochen ihres Herzens.

Wes spürte, daß sein Körper vor Verlangen nach Anna pulsierte. Dennoch schob er sich ohne Hast über sie und legte sich zwischen ihre Schenkel. Langsam drang er in sie ein und begann sich auf und ab zu bewegen.

Der Regen, der gegen die Fensterscheiben prasselte, Blitz und Donner, nichts existierte mehr für ihn, nur noch leidenschaftliches Begehren. Unter ihm war Anna, ganz Seide und Wärme. Ein überwältigendes Glücksgefühl durchströmte ihn, und er empfing diese köstlichen Augenblicke wie ein Geschenk.

Anna fühlte sich träge, gesättigt, und dennoch hellwach und empfänglich für den Sturm draußen und den Frieden im Haus. Sie spürte, daß Wesley sich neben ihr regte, und hörte, daß er ein Streichholz anzündete. Das Licht der Lampe warf einen goldenen Schimmer über das Bett, und das Tosen des Sturms wirkte sofort gedämpfter.

»Ich kann immer noch nicht schlafen.« Es klang fast wie eine Entschuldigung. »Der Sturm, schätze ich.«

Sie lauschte dem Donnergrollen, das sich über den Bergen entlud, und wandte den Kopf, um ihn anzusehen. Er lag neben ihr, auf die Ellbogen gestützt, und betrachtete sie. Sie wußte nicht, was er dachte, und sein Gesichtsausdruck verriet es ihr nicht. Er wirkte ruhig, aber sie fragte sich, ob er je wirklich völlig entspannt, in Einklang mit sich und der Welt sein konnte. »Es liegt sicher am Sturm«, sagte sie schließlich. »Ich kann auch nicht schlafen.«

Er hob eine Hand, um eine Locke ihres Haares zu berühren, und wand sie geistesabwesend um seine Finger. Sein Blick wanderte unruhig hin und her. »Ich werde ein anderes Haus für uns bauen«, sagte er plötzlich.

Sie beobachtete sein Gesicht. »Was ist mit diesem nicht in Ordnung?«

Er zuckte die Achseln. »Nichts. Aber es wurde nicht für eine Familie gebaut.« Die letzten Worte kamen fast zögernd, und er sah schnell zu ihr.

»Ich verstehe.« Das stimmte nicht ganz, aber sie war begierig darauf, alles an ihm kennenzulernen und zu begreifen. Sie hatte sich an diesen Mann gebunden; ihn zu verstehen war von größerer Bedeutung als alles andere.

Wesley schien das Bedürfnis zu haben, mehr zu diesem Thema zu sagen. »Ein größeres Haus. Ein Stück von der Stadt entfernt.«

»Mit einer Schaukel auf der Veranda?« Die Sehnsucht, die in ihrer Stimme lag, fiel ihr selbst auf.

Sein Gesicht schien weicher zu werden, aber er sah sie nicht an. »Mit einer Schaukel auf der Veranda.«

Anna nahm kaum wahr, daß der Sturm nachließ und der Donner schwächer wurde. Alle ihre Sinne und Gedanken wurden vom warmen Schein der Lampe gefangengehalten. Der Frieden in diesem Zimmer lud dazu ein, sich Träumereien hinzugeben, und dieses eine Mal gestattete sie sich den Luxus. Was konnte es schon schaden?

Ihre Stimme blieb leise. »Ein kleiner Garten für Kräuter? Einer für Rosen?«

»Wenn du es gern möchtest.« Fast lächelte er.

»Und große Fenster, die viel Sonnenschein hereinlassen?«

Er nickte. »Große Fenster. Sogar ein weißgestrichener Gartenzaun.«

Einen Augenblick lang hatte sie das Gefühl, er wollte sich über sie lustig machen; ein Anflug von Sarkasmus hatte in seiner Stimme mitgeschwungen. Sein Gesichtsausdruck war unverändert, ruhig, fast lächelnd, aber der kurze Moment reichte, um den Zauber zu brechen und sie daran zu erinnern, daß sie nur träumte.

Sie bezweifelte nicht, daß Wesley ein Haus bauen würde. Es würde eine Veranda haben, einen Garten und große Fenster, sogar einen weißen Holzzaun. Sie spürte, wie ihre Kehle sich zusammenschnürte, heiße Tränen unter ihren Lidern brannten.

»Anna?«

Ihr fiel auf, daß sie ihn nicht länger ansah, daß ihre Augen auf die Decke gerichtet waren. Und ihre Stimme klang flach, flach und ausdruckslos. »Es wird bestimmt ein sehr schönes Haus.« Aber kein Heim.

»Ich werde gut für dich sorgen, Anna.« Auch seine Stimme klang verändert, ein wenig rauh und belegt. »Das weißt du doch, oder?«

»Ja, Wesley, das weiß ich.« Er würde sie immer gut behandeln, würde sie nie schlagen oder einschüchtern. Vermutlich würde sie alles bekommen, was für Geld zu haben war. Aber das Herz ihres Mannes würde sie nie besitzen.

Nichts hatte sich geändert, nichts. Wesley hatte sich nicht geändert. Er hatte sie geheiratet, um seinem Kind einen Namen zugeben, weil er das Leid, als Bastard aufzuwachsen, kannte. Er hatte sie gebeten, seine Frau zu werden, bei ihm zu leben, weil sie sein Kind erwartete. Sie war die

Mutter seines Kindes, und deshalb war ihr Platz an seiner Seite. Wenn sie ihn nicht so sehr liebte, könnte es genug sein.

»Anna?« Seine Stimme klang angespannt.

»Ja, Wesley.«

Einen Moment herrschte Schweigen, dann spürte sie seine Hand in ihrem Nacken, spürte, daß die Kette, die um ihren Hals hing, angezogen wurde. Sie wandte leicht den Kopf und sah zu, wie er die Kette öffnete und den Ring herunternahm.

»Gib mir deine Hand.«

Sie zögerte, aber etwas in seiner Stimme schien sie zu drängen. Langsam streckte sie ihre linke Hand aus. Er schob den großen Siegelring auf ihren Ringfinger und runzelte die Stirn.

»Morgen kaufe ich dir einen anständigen Ring«, sagte er.

Anna hätte fast gelacht, obwohl ihr im Grunde nicht nach Lachen zumute war. *Anständig*. Als ob zwischen ihnen je etwas anständig gewesen wäre! Sie spürte, daß sein Blick auf ihr ruhte, und versuchte, ihr bitteres Lächeln zu unterdrücken. Aber es mußte ihm aufgefallen sein. Seine Finger schlangen sich um ihre.

»Woran denkst du?« fragte er mit unterdrückter Heftigkeit.

Sie fragte sich flüchtig, ob er den Ring auf ihren Finger gesteckt hatte, um sie daran zu erinnern, daß sie jetzt ihm gehörte. Vermutlich. Aber es war keine Frage, auf den sie ihn antworten hören wollte. Sie erwiderte nur: »An nichts. Ich denke an nichts.«

»Ich schaffe es einfach nicht, dich zu durchschauen.«

Sie sah zu ihm auf, etwas überrascht von dem Anflug von Gereiztheit, der in seiner Stimme lag. »Ich wußte nicht, daß du das willst«, sagte sie langsam.

Er erwiderte nichts, starrte sie nur lange aus verengten Augen an, in denen sie nicht lesen konnte. Sie hörte in der

Ferne erneut Donnergrollen und bemerkte, daß der Sturm von neuem einsetzte und wiederkehrte. Das Unwetter paßte zu der Stimmung, in der Wesley sich zu befinden schien, zu der Anspannung und dem Zorn und noch etwas anderem . . . etwas, das sie nicht verstehen konnte.

Ohne ihre linke Hand loszulassen, strich er mit seiner freien Hand plötzlich über ihren Bauch und ließ sie besitzergreifend dort liegen. »Ich trage die Verantwortung für dieses Kind«, sagte er leise, aber mit seltsamer Eindringlichkeit. »Ich habe dich gezwungen, meine Geliebte zu werden, habe dich zu meiner Frau gemacht, ohne dir eine Wahl zu lassen. Ich habe dein Leben verändert, Anna, deine Zukunft. Und ich weiß nicht einmal, was du denkst oder empfindest.«

Anna wußte nicht, was sie darauf erwidern sollte. Ihr Herz klopfte unruhig, und sie hatte das Gefühl, am Rand eines tiefen Abgrunds zu stehen. *Ich denke daran, wie traurig es ist, daß du mich nicht liebst.* Nein. Das konnte sie ihm nicht sagen. Er hatte sich nicht verändert. Das konnte sie vielleicht ertragen, aber sie durfte nicht das Risiko eingehen, ihm von ihrer Liebe zu erzählen, weil er dieses Wissen zu einer Waffe machen könnte, und das war etwas, was sie nicht ertragen würde.

»Ich weiß ja auch nicht, was du denkst«, entgegnete sie. Es kostete sie Mühe, ihre Stimme zu beherrschen. »Ich habe es nie gewußt.«

Wes sah auf seine Hand, die auf ihrem Bauch ruhte, als ein plötzlicher Blitzschlag das warme goldene Licht durch grelles Weiß ersetzte. Sein Körper lag über ihrem wie ein dunkler Schatten. Bronzebraun gegen blasses Elfenbein, Härte gegen Sanftmut, rücksichtslose männliche Kraft gegen diesen zarten weiblichen Körper, der neues Leben in sich barg.

Was dachte er wirklich? fragte er sich. Was fühlte er?

*Sie war sein.* Anna war seine Frau; ihr Kind war seines. Er hatte sie an sich gebunden mit Fesseln, die uralter und primitiver Natur waren. Er hatte keine Sekunde überlegt, als er sie in jener Nacht nach Moran brachte, war nur von seinem unumstößlichen Entschluß, sie zu seiner Frau zu machen, beherrscht worden.

Jetzt, in diesem Moment, fragte er sich zum ersten Mal, wie lange dieser Entschluß schon in ihm geruht hatte. Was wäre geschehen, wenn Anna durch ihre Schwangerschaft nicht in die Enge getrieben worden wäre, in eine Situation gedrängt, die ihr kaum eine andere Wahl ließ, als ihn zu heiraten? Hatte sie ihn nur aus diesem Grund geheiratet? Weil ihr keine Wahl geblieben war? Er hatte es doch gewußt . . . und dennoch hatte er sie fast mit Gewalt mitgeschleppt, ohne ihr Zeit zu geben, nachzudenken oder ihn zurückzuweisen.

Wes hörte, daß sich ein tiefer Seufzer seiner Kehle entrang. Wie lange hatte er sich danach gesehnt, daß sie seine Frau wurde? Lange genug, um diesen Wunsch sogar vor sich selbst zu verbergen. Er hatte sich etwas von ihr gewünscht, das er sich nicht nehmen, ihr nicht stehlen oder mit Gewalt entreißen konnte, und er war nicht bereit gewesen, das Risiko einzugehen, von ihr zurückgewiesen zu werden.

Anna war seine Frau. Aber nicht aus freiem Willen.

»Wesley?«

Er riß den Blick von seiner besitzergreifenden Hand los und sah einen Moment in ihr schönes Gesicht. Dann wandte er sich um, um das Licht auszudrehen, und in der Dunkelheit, die nur gelegentlich vom Flackern der Blitze erhellt wurde, zog er sie in die Arme und hielt sie eng an sich gepreßt.

»Nichts, Anna«, sagte er rauh. »Ich denke an gar nichts.«

Wes betrachtete Anna, die in seinen schwarzseidenen Morgenmantel geschlüpft war. »An mir sieht er nie so gut aus.«

Grübchen tauchten auf ihren Wangen auf, als sie ihn anlächelte. »Würdest du mir bitte die Ärmel hochkrempeln?«

»Lieber wäre mir, du hättest gar nichts an.«

Schweigend streckte sie einen Arm aus, der in der schwarzen Seide förmlich versank.

»Schon gut, schon gut.« Mit einem gutmütigen Grinsen trat er an das Bett. Anna hatte sich aufgerichtet und an die Kissen gelehnt. Auf ihrem Schoß stand ein Frühstückstablett.

»Hoffentlich schmeckt es dir«, bemerkte er, während er sich mit den Ärmeln abmühte. »Da ich nicht wußte, ob dir heute morgen nicht wieder schlecht ist oder was du gern essen würdest, habe ich von allem ein bißchen gemacht.«

Er hatte beide Ärmel hochgerollt und setzte sich jetzt ans Bettende.

»Mir geht es herrlich, und ich staune, wieviel Mühe du dir gemacht hast.« Ihre Hand deutete auf das Tablett. Auf einem großen Teller türmten sich knusprige Speckstreifen und flaumiges Rührei. Ein anderer Teller enthielt sorgsam aufeinandergelegte, köstlich duftende Pfannkuchen, gekrönt von einem Klacks Butter und einer Unmenge Ahornsirup. Außerdem gab es goldbraun geröstetes Brot und eine kleine Schale mit Pflaumengelee.

Er zuckte die Achseln. »Auf die eine oder andere Art war ich für meine Verpflegung verantwortlich, seit dich denken kann.«

Sie lachte leise. »Ich weiß, aber erwartest du im Ernst, daß ich all das esse?«

»Was du nicht schaffst, esse ich.«

Sie pickte sich einen Streifen Speck heraus und biß hinein. »Mhm, genau wie ich es mag.« Sie biß ein weiteres Stück ab.

»Sag mal«, fragte sie lächelnd, »werde ich jetzt jeden Morgen so verwöhnt?«

»Warum nicht? Während deiner Schwangerschaft besteht kein Grund für dich, dich morgens zu zwingen, das Bett zu verlassen. Du mußt dich schonen.«

Ihr wurde klar, daß er am Abend mit seinem Versprechen, sich gut um sie zu kümmern, mehr gemeint haben mußte, als nur ein Heim für sie zu schaffen. »Und wenn das Baby da ist?«

»Dann ist es immer noch besser, wenn du dir nicht in der Küche zu schaffen machst. Zumindest nicht morgens.« Seine Augen verdunkelten sich. »Das Baby muß gefüttert werden.«

Unvermittelt stellte er das Tablett beiseite und rückte näher zu ihr. Er streifte die schwarze Seide des Morgenmantels über ihre Schulter, beugte sich vor und umschloß die rosige Spitze ihrer Brust mit dem Mund. Anna schnappte unwillkürlich nach Luft.

Er hob den Kopf. »Ich kann es kaum noch erwarten, mein Kind an deiner Brust saugen zu sehen.«

»Wesley . . .«

Sie beide hörten es zur gleichen Zeit. Jemand klopfte an die Eingangstür. Wes schnitt ein Gesicht. »Ich bin gleich wieder da.«

Er verließ das Zimmer, und sie lächelte in sich hinein. Am besten beendete sie ihr Frühstück in der Küche, beschloß sie, sonst würden sie überhaupt nichts essen. Sie stieg aus dem Bett, hob das Tablett auf und folgte Wes. Sie hatte gerade die Treppe erreicht, als er aufblickte und sie sah.

»Stell das Tablett ab«, befahl er, während er die Haustür öffnete. »Es ist viel zu schwer für dich.«

Sie schüttelte amüsiert den Kopf, stellte das Tablett aber gehorsam auf einen kleinen Tisch. »Ich begreife gar nicht, wie ich all die Jahre allein auf mich aufpassen konnte.«

Wes gab keine Antwort. Er lief schon wieder die Stufen

hinauf und überflog das Telegramm, das eben abgegeben worden war. Plötzlich verfinsterte sich sein Gesicht, und innerhalb weniger Sekunden waren alle Spuren des Mannes, der sie heute morgen umsorgt und verwöhnt hatte, verschwunden.

»Wesley, was ist los?«

»Dieser Hundesohn Sloan Lassiter! Dieses Telegramm kommt vom Präsidenten der Eisenbahnlinie. Er informiert mich, daß Sloan Lassiter inzwischen einer der Hauptaktionäre ist und gefordert hat, alle Verhandlungen mit mir abzubrechen.« Er sah sie an. Seine Augen glitzerten wie Eissplitter. »Das bedeutet, daß Sloan jetzt die Macht hat, mich völlig aus dem Bau der Eisenbahn hinauszudrängen. Bei Gott, damit ist er zu weit gegangen!«

Er schob sie beiseite und rannte ins Schlafzimmer.

Sie wollte ihm nachlaufen, verfing sich aber im Saum des Morgenmantels und mußte kurz stehenbleiben, um den Stoff zusammenzuraffen. »Warte! Was hast du vor?«

»Es wird ihm sehr bald verdammt leid tun, daß er damals nicht zusammen mit seinem Bruder gestorben ist.« Er war wieder bei ihr auf dem Treppenabsatz und legte hastig seinen Revolvergurt um. »Bleib im Haus. Geh auf keinen Fall aus!«

»Nein, Wesley, warte! Tu es nicht! Er wird dich töten!« Sie griff nach seinem Arm, um ihn zurückzuhalten, aber er riß sich ungeduldig los und stürmte die Treppe hinunter.

An der Tür blieb er kurz stehen und sah zu ihr hinauf. »Halt dich da raus, Anna. Das verstehst du nicht. Sloan wird mir alles nehmen, wofür ich hart gearbeitet habe.«

Er riß die Tür auf.

»Wesley!«

Er sah über die Schulter zurück und erstarrte. Offensichtlich in der Absicht, ihm zu folgen, hatte Anna einen Fuß auf die oberste Stufe gesetzt. Aber der lange Saum seines Morgenmantels schleifte auf dem Boden nach, und ihr Fuß blieb in dem Stoff hängen. Voller Entsetzen sah er, wie sie das Gleichgewicht verlor und kopfüber die Treppe hinunterstürzte.

Schnell! sagte ihm sein Verstand. Aber seine Muskeln wollten ihm nicht gehorchen. Als er versuchte, sich zu bewegen, schienen seine Beine aus Blei zu sein, und seine Arme, die er nach Anna ausstreckte, fühlten sich an, als trügen sie zentnerschwere Lasten.

Sie kollerte die Treppe hinunter, und bei dem Geräusch, das er jedesmal hörte, wenn ihr Körper auf die Stufen prallte, sträubte sich ihm das Haar, und sein Blut gefror zu Eis.

Sein panisches Entsetzen hatte alles in ihm ausgelöscht, bis auf den Anblick von Annas Körper, der wie eine leblose Puppe die Treppe hinunterfiel.

Warum konnte er ihr nicht zu Hilfe kommen?

Warum konnte er sie nicht auffangen?

Warum gab es so gottverdammt viele Stufen und Pfosten, an die ihr Körper stieß?

Er machte einen verzweifelten Satz und fing sie im selben Moment auf, als sie auf die unterste Stufe aufschlug.

O Gott, sie war so still! Als er ihr sanft das Haar aus dem Gesicht strich, sah er, daß ihre Augen geschlossen waren. Ihre Haut war kreideweiß.

Er hielt sie in den Armen. Tränen strömten über sein Gesicht.

»Anna«, wisperte er. »Anna.«

Er schaffte es nicht, betrunken zu werden.

Wes hatte sich bemüht. Einen höllisch langen Tag und eine noch schlimmere Nacht hindurch hatte er sich bemüht. Allein in seinem Arbeitszimmer war er ruhelos auf und ab gegangen und hatte Whiskey getrunken, aber der Alkohol hatte den Schmerz und die Angst in ihm nicht betäuben können. Kaum ein Laut war aus dem Schlafzimmer nach unten gedrungen, aber er wußte, was dort oben vorging. Die ernste Miene des Arztes war nicht nötig gewesen, um es ihm zu verraten.

*O Gott, sie war so blaß und so still gewesen!*

Er hatte ihr Kind getötet.

Noch immer brannte die Qual in ihm, die sein Innerstes zerrissen hatte, als der Arzt ihm, Stunden nach Annas Sturz, mitgeteilt hatte, daß sie ihr Kind verloren hätte.

Trotz der Anweisung des Arztes, sie jetzt in Ruhe zu lassen, war er nach oben gelaufen und hatte an die Tür seines Schlafzimmers geklopft, voller Angst, sie zu öffnen und hineinzugehen. Es war so still dort drinnen.

»Warten Sie unten, McCord«, hatte der Arzt barsch gesagt und die Tür einen Spalt weit geöffnet.

»Meine Frau . . .« Er hatte kaum den Klang seiner eigenen Stimme erkannt, und er hatte durch den schmalen Türspalt das Bett nicht sehen können. »Das Kind . . .«

Der Arzt hatte ihn scharf angesehen, und für einen kurzen Moment hatte Mitgefühl seine Stimme gemildert. »Tut mir leid, aber ich konnte das Kind nicht retten.«

Wesleys Hand hatte krampfhaft den Türgriff umklammert. Er hatte sein schmerzhaftes Ziehen in seiner Brust verspürt und Angst, eisige, lähmende Angst. »Anna?«

»Ich weiß es nicht.« Der Tonfall des Arztes war wieder schroff gewesen. »Gehen Sie jetzt. Ich sage Ihnen sofort Bescheid, wenn ich mehr weiß.« Die Tür hatte sich geschlossen.

Er war in sein Arbeitszimmer gegangen und hatte einen Drink nach dem anderen genommen, eine Zigarette nach der anderen geraucht. Es hatte nichts genützt.

Ihr Kind war tot, und er hatte es umgebracht. Anna wäre nie gestürzt, wenn sie nicht versucht hätte, ihn zurückzuhalten, ihm in seiner ohnmächtigen Wut vernünftig zuzureden. Es war ganz allein seine Schuld.

Seine Wut und sein Haß waren jetzt bedeutungslos. Es interessierte ihn nicht mehr, daß Sloan über ihn triumphiert hatte und dabei war, alles zu zerstören, wofür Wes so hart gearbeitet, gelogen und betrogen hatte. Das alles war jetzt unwichtig geworden. Nur Anna zählte. Wenn sie starb, würde er nicht weiterleben können.

Er beobachtete durch das Fenster den Sonnenaufgang. Er empfand weniger Müdigkeit als vielmehr seine Niederlage. *Meine Strafe ist mehr, als ich ertragen kann.* Es dauerte einen Moment, bis er sich erinnerte, woher er diesen Satz kannte – der Schrei eines besessenen Predigers, einer Gestalt aus der Ferne seiner Kindheit. Eine Zeile aus der Bibel fiel ihm ein.

Er hätte der Warnung mehr Beachtung schenken sollen.

Nur sein Ehrgeiz hatte gezählt; nie hatte er daran gedacht, wieviel andere dafür opfern mußten. Er hatte Intrigen gesponnen, gestohlen, was er nicht gewinnen konnte, geraubt, was er nicht nehmen konnte. Nie war ihm der Gedanke gekommen, daß jedes Ziel, das er erreicht hatte, einen anderen Menschen viel gekostet hatte und selbst wenn es ihm eingefallen wäre, hätte er sich nicht darum gekümmert.

Und jetzt . . . jetzt hatte er alles verloren. Seine Besessenheit, sein Ziel zu erreichen, hatte seinem Kind das Leben gekostet. Alles, wofür er gearbeitet hatte, war für immer verloren. Und Anna. Vor allem Anna. Sie würde ihn hassen, für alles, was er ihr angetan hatte, für alles, um das er sie gebracht hatte.

Der Preis war zu hoch.

»McCord?«

Er wandte sich um. Ihm war so kalt, daß er glaubte, wie Eis zu zersplittern. »Doktor? Wie geht es ihr?« Seine Stimme war rauh, voller Angst.

»Sie ist sehr geschwächt, aber sie wird sich erholen. Im Augenblick schläft sie. Sie wird jemanden brauchen, der ein, zwei Tage nach ihr sieht.« Sein Blick verriet deutlich, was er von Wes' Fähigkeiten in dieser Beziehung hielt. »Mrs. Hunter hat einige Erfahrung in der Krankenpflege, und ich bin sicher, sie wird gern helfen.«

»Ja.« Wes räusperte sich. »Ich werde sie gut bezahlen.«

»Sie würde es auch umsonst machen. Sie mag Miß – Ihre Frau.« Der Arzt drehte sich auf dem Absatz um und verließ den Raum.

Wes blieb einen Moment am Fenster stehen. Er empfand keine Bitterkeit wegen der unverhohlenen Verachtung, die der Arzt für ihn zu empfinden schien; er wußte, daß er sie verdiente. Schließlich verließ er sein Arbeitszimmer und ging die Treppe hinauf, ganz langsam, um ein wenig Zeit zu gewinnen, um seine Miene zu beherrschen und alle Gefühle tief in seinem Innersten zu vergraben. Er öffnete die Schlafzimmertür, trat leise ans Bett und sah auf Anna hinunter.

Sie schlief noch immer. Ihr schönes Gesicht war blaß und wirkte, zumindest in seinen angstvoll forschenden Augen, sehr zart und zerbrechlich. Er ließ sich in einen Sessel neben dem Bett sinken, ohne den Blick auch nur eine Sekunde von ihr zu wenden.

Jetzt wußte er, warum er gewollt hatte, daß sie seine Frau wurde. Er hatte es schlagartig in dem Moment erkannt, als er sie die Treppe hinunterstürzen sah. Aber es war zu spät. Und selbst wenn er gewußt hätte, wie er seinen Fehler wiedergutmachen konnte, wäre es jetzt zu spät.

Sie rührte sich leicht. Ihre Wimpern hoben sich, und er riß den Blick von ihr los und starrte unverwandt auf das Bettende. Er wußte, was er zu tun hatte. Und er mußte es tun, ganz gleich, was es ihn kostete. Es war das einzige, was er für Anna tun konnte.

»Wesley?«

Sein Aussehen traf sie wie ein Schock. Dunkle Bartstoppeln bedeckten die untere Hälfte seines hageren Gesichts;

seine Augen waren rotgerändert und eingesunken. Seine Kleidung war zerknittert, sein dichtes Haar wirr, und ein Geruch von Whiskey und Rauch hing an ihm. Er saß starr in seinem Sessel, ohne sie anzusehen. Seine Kinnlinie trat hart hervor, und seine Lippen waren zu einer schmalen Linie zusammengepreßt.

Anna wollte ihn gerade noch einmal ansprechen, als er unvermittelt aufstand und aus dem Zimmer ging. Die Tür fiel krachend ins Schloß.

»Hätten Sie gern ein wenig Gesellschaft?«

Anna wandte den Kopf und sah, daß Brianne Delaney in der Schlafzimmertür stand. Sie lächelte warm. »Ja, natürlich. Wie nett von Ihnen, mich zu besuchen.«

Brianne betrat das Zimmer. Anna saß in eine Decke gehüllt in einem Sessel beim Fenster. Brianne setzte sich zu ihr. »Ich bin ja so froh, daß Sie schon wieder auf sind. Ich hatte schon befürchtet, Sie würden noch im Bett liegen.«

Annas Grübchen vertieften sich. »Mir geht es sehr gut, und trotz Mrs. Hunters Protest habe ich mich geweigert, noch eine Minute länger in diesem Bett zu bleiben.«

»Gott sei Dank.« Brianne musterte Anna verstohlen. Unter ihren Augen lagen Schatten, und tiefe Linien hatten sich in ihr Gesicht gegraben – Spuren des Unglücks, das sie getroffen hatte. »Anna«, sagte sie leise, »es hat mir so leidgetan, das mit dem Kind zu hören.«

»Danke, Brianne.«

»Ich wollte eigentlich früher kommen, aber ich hatte das Gefühl, etwas Ruhe würde Ihnen besser bekommen als Besuch.«

Annas Lächeln erlosch. »Sie wären mir immer willkommen gewesen. In den letzten paar Tagen habe ich festgestellt, daß es keine sehr gute Medizin ist, ständig den eigenen Gedanken überlassen zu werden.« Oder sich zu fragen, warum Wesley nicht mehr bei ihr gewesen war, seit er vor ein paar Tagen überstürzt das Zimmer verlassen hatte.

Brianne nickte verständnisvoll. »Übrigens, ich habe etwas stärkende Suppe aus der Hotelküche mitgebracht. Ich habe sie Mrs. Hunter gegeben.«

»Das war sehr aufmerksam. Vielen Dank.«

Brianne beugte sich vor. »Anna, ich wollte Ihnen sagen, wie leid es mir tut, daß wir uns nicht näher anfreunden konnten, während ich hier war. Vor allem, da wir beide etwas gemeinsam haben.«

Anna sah sie verwirrt an. »Gemeinsam?«

»Dieser alberne Streit zwischen Sloan und Wes.« Brianne schwieg kurz. »Ihre Heirat war für viele Leute eine große Überraschung.«

Anna senkte den Blick. »Es war uns lieber, keinem davon zu erzählen. Und was diesen Streit betrifft, so bin ich nicht sicher, ob er eine gute Grundlage für eine Freundschaft gewesen wäre.«

Brianne zuckte die Achseln. »Wahrscheinlich nicht, aber ich finde, es wäre ganz angenehm gewesen, einmal mit jemandem darüber zu sprechen, der die Sache vernünftig betrachten könnte. Sloan und ich mußten einiges durchmachen, bevor er an diesem Punkt anlangte.«

»Ich weiß«, sagte Anna ruhig. »Wesley hat in seinem Leben vielen Menschen Leid zugefügt.«

»Und Sie können das akzeptieren?«

»Ich habe keine Wahl. Ich kann nichts daran ändern, daß er so ist, wie er ist.«

Brianne runzelte die Stirn. »Warum nicht? Wissen Sie –« Sie brach abrupt ab und schnitt ein Gesicht. »Tut mir leid. Ich habe es nicht so gemeint. Sie sind mit einem heiteren, gelassenen Gemüt gesegnet. Ich hingegen stürze mich liebend gern ins größe Chaos und versuche ständig, mich in alles einzumischen. Sloan wäre es bestimmt viel lieber, wenn ich den Dingen ihren Lauf lassen könnte.«

Anna betrachtete Brianne mit einem leisen Anflug von Wehmut. Sie strahlte förmlich vor Glück und Vertrauen in die Zukunft. Es mußte schön sein, sich seiner selbst und des Mannes, den man liebte, so sicher zu sein, durchfuhr es sie. »Ich bin überzeugt, Sie und Mr. Lassiter werden sehr glücklich miteinander.«

»Das glaube ich auch.« Brianne stand auf und streckte ihre Hand aus. »Ich muß gehen. Wir haben vor, uns heute nachmittag auf den Heimweg zu machen. Gegen drei brechen wir auf. Ich wette, den Seufzer der Erleichterung, den Mrs. Potter bei unserer Abreise ausstoßen wird, können Sie bis hierher hören!«

Anna lächelte und nahm Briannes Hand. »Sie, Ihre Freunde und Verwandten werden allen sehr fehlen.«

Brianne brach in helles Gelächter aus. »Sie meinen, die guten Leutchen in Chango müssen sich nun jemand anders suchen, über den sie klatschen können, was?« Sie machte eine Pause. »Leben Sie wohl, Anna, und viel Glück.«

»Vielen Dank für Ihren Besuch. Vielleicht begegnen wir uns noch einmal.«

Ein strahlendes Lächeln erhellte Briannes Gesicht. »Man kann nie wissen!« Sie wandte sich um und ging auf die Tür zu. »Das Leben ist voller Möglichkeiten.«

Und Brianne Delaney stehen die schönsten und heitersten offen, dachte Anna. »Leben sie wohl, Brianne.«

Brianne öffnete die Tür. »Übrigens, ich habe Mrs. Potter gebeten, Ihnen morgen noch etwas Suppe zu schicken. Ich hoffe –« Sie brach ab. »Oh, hallo, Mr. Nilsen. Kommen Sie ruhig herein. Ich wollte gerade gehen.« Sie winkte Anna noch einmal fröhlich zu und verschwand dann.

Anna sah zu ihrem Vater hinüber. Er stand auf der Türschwelle und klammerte sich nervös an seinen Hut. »Was willst du hier?« fragte sie und erschrak im selben

Moment über die Schärfe in ihrer Stimme. Schließlich war er immer noch ihr Vater, egal, was er getan hatte. Sie hob die Hand und deutete auf den Sessel, auf dem Brianne gesessen hatte. »Ich dachte nur, du müßtest jetzt eigentlich im Geschäft sein.«

Er setzte sich unsicher auf die Sesselkante. »Ich habe eine Aushilfe eingestellt. Mrs. Harcourt hat ihren Neffen für die Arbeit empfohlen. Er scheint ein netter Junge zu sein.«

»Das freut mich.«

Er starrte auf den Hut, den er noch immer in der Hand hielt. »Geht es dir besser?«

»Ja, Papa, viel besser.«

Er nickte erleichtert. »Es ist . . . es ist bedauerlich, daß du dein Kind verloren hast.«

Bedauerlich? dachte sie ungläubig. Der Verlust ihres Kindes stellte für sie das grauenhafteste Ereignis in ihrem Leben dar, und ihr Vater nannte es bedauerlich? Sie sah ihn ungeduldig an. »Gibt es einen besonderen Grund für deinen Besuch, Papa?«

»Ja. Mr. Foster, der Bankdirektor, war heute bei mir im Geschäft. Er hatte nicht den Wunsch, dich hier zu stören, aber er wollte, daß du über ein paar Dinge Bescheid weißt.« Er machte eine Pause, starrte stirnrunzelnd auf den Hut und fuhr schließlich fort: »Anscheinend hat Mr. McCord sämtliche Leute, die durch seine Geschäfte Verluste erlitten haben, voll entschädigt. Und was dich betrifft, Tochter –« er räusperte sich, »mit dem Geld, das übrigblieb, hat er Vorsorge für dich getroffen. Außerdem hat er dieses Haus auf dich überschreiben lassen.«

Anna starrte ihren Vater voller Verwunderung und mit wachsendem Unbehagen an. »Aber warum sollte er so etwas tun?«

Lars Nilsen zuckte die Achseln. »Um alles in Ordnung zu bringen, bevor er ging, schätze ich.«

»Bevor er ging? Papa, sieh mich an! Was soll das heißen?«

Er hob den Kopf. »Ich dachte, du wüßtest es. Mr. McCord hat heute die Stadt verlassen.«

Anna fühlte sich, als ob sie erneut eine steile Treppe hinuntergestürzt wäre. Wesley hatte die Stadt verlassen. Ohne ihr etwas davon zu sagen. Ohne sich von ihr zu verabschieden.

Ihr Vater sagte gerade: ». . . und deshalb habe ich mir überlegt, ob du nicht wieder nach Hause kommen möchtest. Von jetzt an wird alles anders. Ich werde für dich sorgen. Ich –«

Anna vergrub ihr Gesicht in den Händen. »Nein, Papa.«

»Aber ich habe dir doch gesagt, alles wird anders.«

»Du kannst die Zeit nicht zurückdrehen. Niemand kann es. Die Vergangenheit beeinflußt immer die Zukunft, ganz gleich, wie sehr man sich bemüht, alles zu ändern. Bitte geh jetzt. Ich möchte mich ausruhen.«

Er nickte. »Ich kann ja wiederkommen, wenn es dir besser geht.«

»Leb wohl, Papa.«

Sie wartete, bis sich die Tür hinter ihm schloß, bevor sie den Kopf hob. Daß sie sich ausruhen wollte, war nur eine Ausrede gewesen, damit ihr Vater ging. Sie wollte allein sein und versuchen, sich über einiges klar zu werden.

Ihr Herz fühlte sich an, als wäre es entzweigebrochen.

*Wesley hatte sie verlassen.*

Sie wußte, daß er sie nie geliebt hatte, aber sie hatte geglaubt, sie hätten eine Chance für eine gemeinsame Zukunft. Zumindest hatte sie es gehofft!

Sie wandte den Kopf und sah aus dem Fenster. Vermutlich hatte sie lange Zeit in einer Traumwelt gelebt, aber eine Weile, bevor sie das Baby verloren hatte, hatte sie geglaubt, daß sie und Wesley die Aussicht auf ein gutes gemeinsames Leben hätten. Sie hätte wissen müssen, daß es zwischen ihnen nie möglich sein konnte. Schließlich lag die Vergangenheit wie eine schwere Last auf ihnen. Und hatte sie ihrem Vater nicht gerade gesagt, daß niemand die Zeit zurückdrehen konnte?

Aber genau das versuchte Wesley jetzt. Er wollte ganz von vorn anfangen, frei von allem Besitz ein neues Leben aufbauen, er allein.

Anna kämpfte gegen die Tränen an, die unter ihren Lidern brannten. Es war so furchtbar traurig. Einsamkeit und Kummer für sie beide, und sie konnten nichts dagegen tun.

Plötzlich erstarrte sie, als ihr bewußt wurde, was sie gerade gedacht hatte. Warum saß sie denn noch hier, rang die Hände und jammerte über die Ungerechtigkeit des Lebens? Wie kam sie auf die Idee, daß sie nichts dagegen unternehmen könnte? Seit Wesley in ihr Leben getreten war, hatte sie immer stillschweigend geduldet und sich nie zur Wehr gesetzt, und sie tat es noch immer, verdammt! Sie warf die Decke zurück, stand auf, lief zum Schrank und riß die Türen auf.

## 14

Wes mußte gegen das Verlangen ankämpfen, einen letzten Blick auf die Stadt zu werfen, als sein Pferd ihn in ruhigem Schrittempo davontrug. Er wußte, sein Entschluß, zu gehen, würde ins Wanken geraten, wenn er jetzt noch einmal zurücksah. Das war auch der Grund, warum er nicht gewagt hatte, während der letzten paar Tage zu Anna zu gehen. Nur der Gedanke an den Haß, den er in ihren Augen lesen würde, hatte ihn zurückgehalten, und nur das trieb ihn dazu, sie zu verlassen.

Das wenige, was er mit sich nahm, hatte er in zwei

Reisetaschen verstaut, die hinter dem Sattel quer über dem Pferd hingen. Nur wenig Besitz war ihm geblieben. Mit etwas Glück würde das Geld lange genug reichen, um irgendwo einen neuen Anfang zu machen.

Das Leben würde lange Zeit sehr hart für ihn werden, das wußte er. Ein hartes Leben schreckte ihn nicht ab . . . und er war von kleinauf daran gewöhnt, allein zu sein. Aber zum ersten Mal empfand er seine Einsamkeit als düstere Bedrohung.

Er war so in Gedanken vertieft, daß ihm zuerst nicht auffiel, daß jemand ihm folgte. Wenn sein Pferd sich schneller bewegt hätte, hätte er vermutlich überhaupt nichts gehört, aber der gleichmäßige Schritt ermöglichte es ihm, die Hufschläge zu hören, die ständig näherkamen.

Er zügelte sein Pferd und wandte sich um. Er konnte kaum glauben, was er sah, weigerte sich fast, seinen Augen zu trauen. Aber . . . Er schwang sich aus dem Sattel und wartete, bis Pferd und Reiter ihn erreicht hatten.

Als sie näherkam, stellte er fest, daß Anna ein praktisches dunkles Reisekleid trug und zwei große Taschen an ihrem Damensattel befestigt waren.

»Was tust du hier?« fragte er rauh. »Du solltest im Bett sein.«

Anna sah ihn einen Moment schweigend an. Und wenn er mich nun nicht haben will? dachte sie und fragte sich, wie um alles in der Welt es ihr gelingen sollte, sich nichts von der Angst und der Nervosität, die sie empfand, anmerken zu lassen. »Der Doktor hat bestätigt, daß ich wieder gesund bin. Er hat mich allerdings gewarnt, nicht von Tagesanbruch bis Sonnenuntergang im Sattel zu bleiben. Falls du das also vorhast, werde ich dich vielleicht von Zeit zu Zeit um eine Ruhepause bitten müssen.«

»Anna –«

Sie unterbrach ihn mit ruhiger Stimme. »Ich habe auf der Bank mit Mr. Javits gesprochen. Er erwartet unsere

Anweisungen, sobald wir irgendein festes Ziel erreicht haben. Das Haus und die Möbel werden verkauft, und das Geld kann jederzeit an uns überwiesen werden.«

»Du wirst nicht mit mir kommen«, sagte er schroff.

»Doch, Wesley. Mein Platz ist bei dir.«

»Anna . . .« Es kostete ihn ungeheure Mühe, ruhig zu sprechen. Noch immer konnte er nicht glauben, daß sie ihn nicht haßte. »Verstehst du denn nicht? Ich habe alles verloren, alles! Es wird Jahre dauern, bis ich wieder soweit bin – falls ich es überhaupt schaffe.«

»Natürlich wirst du das; du wirst dir ein anderes Imperium aufbauen.«

»Aber ich bin ein Mensch, der alles in seiner Nähe zerstört. Du selbst hast es gesagt, und du hattest recht, obwohl ich dir damals nicht glauben wollte. Ich habe alles zerstört, was ich berührt habe. Das wird sich nicht ändern.«

»Du hast dich geändert.«

Er konnte es nicht leugnen, da er wußte, daß es wahr war. Aber er wußte nicht, was diese Veränderung in ihm tatsächlich bedeutete. »Anna, kehr um. Ich kann von keiner Frau verlangen, das Leben, das mich erwartet, mit mir zu teilen.«

Sie hörte das Zögern in seiner Stimme, die unterdrückte Sehnsucht, und sie schenkte ihm ein Lächeln, das ihr Gesicht in plötzlichem Glanz aufleuchten ließ. »Ich bin nicht irgendeine Frau; ich bin deine Frau.«

Wesley kämpfte gegen den Drang, nachzugeben, obwohl er sich in seinem ganzen Leben nichts mehr gewünscht hätte, als Anna zu behalten. »Mein Gott, begreifst du denn nicht, was dir bevorstehen würde? Verdammt, Anna, ich tue das einzig Richtige.«

Anna schwang sich aus dem Sattel und ließ sich zu Boden gleiten. Sie sah ihn forschend an. »Versuchst du deshalb, mich zu überreden, nach Chango zurückzukehren, Wesley? Weil du es für richtig hältst? Oder –« Ihre Stimme brach, aber einen Moment später hatte sie sich wieder gefaßt. »Oder willst du mich einfach nicht?«

»Ich . . . ich möchte dir nicht mehr weh tun.«

»Du tust mir aber weh, wenn du mich verläßt.« Anna stieß einen leisen Seufzer aus und schlang beide Arme um ihn. »Verstehst du das denn nicht?« fragte sie. »Du wirst mir nie wieder weh tun, aber du darfst mich nicht allein lassen.«

»Das Leben, das ich dir bieten kann, wird nicht leicht sein«, murmelte er. Seine Hände berührten vorsichtig ihre Schultern, als wären sie eine wunderbare Gabe, die ihm jeden Moment wieder weggenommen werden könnte. »Du verdienst viel, viel mehr als das.« Er zögerte und fuhr dann mit unverkennbarer Mühe fort: »Du solltest hierbleiben. Ich kann nach dir schicken, wenn alles –«

»Nein. Ich habe meinem Vater gesagt, daß niemand die Zeit zurückdrehen kann, und ich glaube, daß das wahr ist. Aber ich glaube auch daran, daß die wertvollsten Dinge von Menschen aufgebaut werden, die aus ihren Fehlern gelernt haben. Unser Beginn war schlecht, Wesley, aber unsere Zukunft muß es nicht sein. Nicht, wenn wir daran arbeiten. Es kann wunderschön werden.« Der Griff ihrer Arme verstärkte sich. Sie mußte ihn einfach dazu bringen, daß er sie mitnahm. »Ich gehe mit dir.«

Sein Lächeln war leicht verzerrt. »Um darauf zu achten, daß ich auf dem Pfad der Tugend bleibe?«

»Das muß ich bestimmt nicht tun. Das nächste Imperium, das du aufbaust, wird eine solide und *anständige* Grundlage haben.«

Zum erstenmal regte sich Hoffnung in ihm. Am liebsten hätte er vor Glück laut gelacht. Mit Anna an seiner Seite war nichts unmöglich. Aber eins mußte er noch wissen. »Warum? Sag es mir, Anna.«

Sie trat ein wenig zurück, hob den Blick zu ihm und holte tief Luft. »Ich liebe dich.«

Er schloß für einen Moment die Augen. »Mein Gott.« Als er die Augen wieder aufschlug, schimmerten sie feucht. »Anna, ich –« Er brach ab.

Sie wartete atemlos. Was hatte er ihr sagen wollen? Daß er sie nicht wollte? Als er nicht weitersprach, stieß sie ein zittriges kleines Lachen aus, das von Tränen erstickt zu werden drohte. »Wesley, bitte, sag etwas!«

»Was soll ich sagen? Ich verdiene dich bei Gott nicht, aber ich liebe dich so sehr, Anna.«

Sie verspürte einen Schock, dann Freude. »Mich?« flüsterte sie. »Es war nicht nur das Kind? Du liebst *mich*?«

»Ich liebte das Kind, weil es ein Teil von dir war.« Er versuchte, sich von ihr zu lösen. »Ich sollte nicht zulassen, daß du mit mir gehst.«

Sie sah den Schmerz in seinen Augen, hörte die Qual in seiner Stimme. Und sie wußte, daß er sie wirklich liebte. »Du hast keine Wahl. Glaubst du, jetzt, nachdem ich weiß, daß du mich liebst, lasse ich dich einfach gehen? Wenn du mich hier verläßt, folge ich dir von Stadt zu Stadt, bis du zu alt und zu müde bist, um mir zu entkommen.«

Plötzlich schien eine Riesenlast von seinen Schultern gefallen zu sein, und er lachte befreit auf. »Dann ist es wohl besser, wenn ich würdevoll nachgebe. Und dankbar.« Er beugte sich vor und küßte sie zärtlich. »Ich werde alles tun, damit du diesen Entschluß niemals bereust.«

»Keiner von uns wird es je bereuen.«

»Ich liebe dich.« Es klang wie ein Gebet.

»Ich liebe dich«, sagte sie leise. »Und während du damit beschäftigt bist, ein Imperium aufzubauen, schaffe ich uns ein Zuhause.«

»Ich hatte noch nie ein richtiges Zuhause«, sagte er sehnsüchtig.

»Dann dürfen wir keine Zeit verlieren«, sagte sie bestimmt. »Wohin gehen wir eigentlich?«

Er merkte, daß es sie kaum interessierte, und er lachte laut. »Was hältst du von Kalifornien?«

»Ich wollte schon immer nach Kalifornien. Vor langer Zeit habe ich einmal gehört, daß dort das Ende des Regenbogens ist.«

»Und wenn nicht«, meinte Wesley, als er sie in den Sattel hob, »suchen wir so lange, bis wir das Ende des Regenbogens gefunden haben.«

Seite an Seite, Hand in Hand ritten sie davon und sahen nicht ein einziges Mal zurück.

## Killara

### Sonntagnachmittag

Meine liebe Maureen!

Schrecklich, nicht? Jetzt sind schon sechs Monate vergangen, seit ich Dir zum letzten Mal schrieb, aber bei den Delaneys zu leben bedeutet, daß fortwährend etwas los ist. Und glaub mir, ich habe Dir furchtbar viel zu erzählen!

Erst einmal – Himmel, ich glaube, ich platze noch vor Neuigkeiten! – Mr. York und Miß Sierra haben den hübschesten kleinen Jungen bekommen, den Du Dir nur vorstellen kannst. Und kerngesund! All die langen Stunden, die ich auf Knien für ihn gebetet habe, waren also nicht umsonst. Nun, das Wichtigste zuerst. Der kleine Schatz heißt Dominic, nach dem Sohn des alten Shamus. Wußtest Du, daß der erste Dominic ein richtiger Revolverheld war? Mir läuft es eiskalt über den Rücken, wenn ich daran denke. Aber immerhin war der Mann ein Delaney, und dadurch sind meiner Meinung nach alle seine Taten gerechtfertigt. Auf jeden Fall wird Mr. Yorks kleiner Engel eines Tages bestimmt Präsident der Vereinigten Staaten. Oder etwas von noch größerer Bedeutung! Obwohl ich natürlich bei sämtlichen Mitgliedern der neuen Delaney-Generation das Gefühl habe, daß sie etwas ganz Besonderes werden. Ich spüre es sogar so stark, daß ich mich manchmal frage, ob der Herr mich mit der Gabe des zweiten Gesichts gesegnet hat.

Maureen, für meine nächste Neuigkeit setzt Du Dich lieber hin; sie ist nämlich ganz wundervoll. Bei Mr. Burke und Miß Cara ist Nachwuchs unterwegs! Was sagst Du nun? Alle meine drei Delaney-Jungs werden bald Väter sein. Noch vor einem Jahr befürchteten wir, Mr. Burke, Mr. York und Mr. Rafe wären die letzten Delaneys auf der Welt. Und nun haben wir drei Delaney-Mädchen in Australien und eine ganz neue Generation von Delaneys hier! Das alles ist schrecklich aufregend.

Lieber Himmel, ich finde kein Ende, was? Aber ich bin noch nicht fertig!

Cougar und Bridget sind nach Killara zurückgekehrt. Zumindest für die nächste Zeit. Ganz unter uns, dieser Cougar ist mir immer wie ein Halbwilder vorgekommen, aber ich muß zugeben, es ist herrlich, wie glücklich Bridget mit ihm ist, und sie hat aus seiner Ranch weiter oben im Land ein schönes Heim gemacht. Ich bekomme geradezu feuchte Augen, wenn ich sehe, wie lieb und sanft sie mit ihm umgeht.

Einen Moment.

Ich habe den Faden verloren.

Bridget und Cougar sind hauptsächlich deshalb nach Killara zurückgekommen, weil Miß Cara Zwillinge erwartet. Was sagst Du nun? Und jeder einzelne in Killara, von Bridget und Cougar bis zu den anderen Burschen und ihren Frauen, verwöhnt sie maßlos und flattert ständig um sie herum, damit sie sich bloß nicht überanstrengt. Aber Miß Cara lacht nur und tut am Ende doch, was sie will. Und Mr.

Burke macht ständig ein Gesicht, als hätte er einen Leprechaun gefangen und das Ende des Regenbogens und den Topf mit Gold gefunden.

Ich muß Dir wohl nicht sagen, wie glücklich ich bin, Maureen. All diese Babys, um die ich mich kümmern muß! Es ist, als wäre ein Traum Wirklichkeit geworden.

## Einen Monat später

Maureen, Du wirst kaum glauben, was passiert ist! Vor drei Wochen haben diese Leute in Kalifornien ihren Filmpreis, diesen Oscar, verliehen, und rate mal, wer auch einen bekommen hat? Roman Gallagher. Ich habe mir alles im Fernsehen angeschaut und etliche Tränen der Freude und des Stolzes vergossen, das kannst Du mir glauben. Schließlich gehört auch er jetzt zur Delaney-Familie.

Also, nachdem alles vorbei war, kamen Miß Manda und Mr. Roman zu Besuch nach Killara. Sie wollten die Familie sehen, und mußten einfach all diesen Zeitungsleuten entfliehen, die sie wie ein Rudel Jagdhunde verfolgten. Und natürlich bietet kein Platz mehr Schutz und Sicherheit als Killara, wie ich Dir ja schon oft gesagt habe. Und glaub mir, seit Cougar hier ist, kommt ohne sein Wissen niemand mehr auf die Ranch. Oh, und am ersten Tag ihres Besuchs habe ich den größten Laib Ingwerbrot gebacken, den Du je gesehen hast, und während es serviert wurde, erzählte ich Mr. Roman, ich hätte die ganze Zeit gewußt, daß er gewinnen würde. Er war tief beeindruckt, und allmählich glaube ich wirklich, daß ich die Gabe des zweiten Gesichts habe.

Auf jeden Fall waren Miß Manda und Mr. Roman ganz aus dem Häuschen über all die Neuigkeiten, die sie uns berichten mußten. Ich weiß es ganz genau, weil sie vor lauter Aufregung und Reden kaum einen Bissen von meinem Ingwerbrot aßen.

Sie haben uns erzählt, daß Deuce Moran endlich das Herz seiner Lady, Mandarin, gewonnen hat. Das alles ist furchtbar romantisch, findest Du nicht? Zwei verlorene Seelen, die endlich zueinander gefunden haben. Ich prophezeie den beiden ein sehr glückliches Leben, und an meinen Prophezeiungen ist nicht zu rütteln! Obwohl, wie ich leider sagen muß, Bridget skeptisch zu sein scheint. Aber das macht ja nichts.

Die nächste Neuigkeit, die sie uns erzählten, ließ mich fast schwindelig werden. Miß Sidney und Mr. Nicholas erwarten etwas Kleines! Sie leben auf der Insel Charron, auf der sogenannten ›wilden Seite‹ der Insel, und ihr Haus steht auf einer Klippe, von der man direkt auf die ungezähmte See sieht. Und neben dem Haus ist eine Lagune, dorthin fliegen jeden Abend schwarze Schwäne, um einen sicheren Platz zu haben. Es ist wirklich ein märchenhafter Ort! Aber leider bin ich nun ein bißchen in der Zwickmühle. Miß Manda schwört Stein und Bein, daß Miß Sidney ein herrliches und friedvolles Leben führt, aber ich mache mir trotzdem Sorgen. Irgendwie halte ich es nicht für fair, daß dieser Zweig der Delaney-Familie ohne meine Fürsorge auskommen muß. Denk doch nur, Maureen! Bald gibt es auf der anderen Seite der Erdkugel ein prächtiges, brandneues Delaney-Baby, und ich überlege, ob ich nicht anbieten sollte, zu ihnen zu kommen, um mich um das Kleine zu kümmern.

Ich weiß nicht, was ich tun soll. Immer wieder zerbreche ich mir den Kopf. Ich gebe Dir Bescheid, wenn ich mich entschieden habe.

Aber selbst wenn meine Delaney-Jungs mich nicht so weit fort lassen, darf ich bestimmt nach Kentucky, um Miß Addie und Mr. Shane zu sehen, und ihre Kleine, ein bezauberndes

Ding, das angeblich schon jeden um den Finger wickeln kann.

Nun, ich denke, ich werfe diesen Brief jetzt lieber in den Briefkasten. Im Augenblick geschieht hier soviel, daß ich Angst habe, etwas zu versäumen, wenn ich nicht sofort Schluß mache. Paß gut auf Dich auf, und denk dran, jetzt bist Du mit dem Schreiben an der Reihe.

Alles Liebe
Kathleen

ENDE

**Band 58 503**

**Iris Johansen**

**Russische Nächte**

**Deutsche Erstveröffentlichung**

Nichts ist für eine Delaney unmöglich – und so gelingt es der schönen Silver schon bald, umschwärmter Mittelpunkt am Hof des Zaren zu werden.
Nur einer scheint ihrem Charme zu widerstehen: Nicholas, Prinz Savron, ihr eigener Mann. Verzweifelt versucht sie, seine Liebe zurückzuerobern – zu süß und erregend ist die Erinnerung an die Leidenschaft, die er in ihr geweckt hat ...
Doch Nicholas rührt seine Frau nicht mehr an – nicht mehr seit dem Tag, als Silver ihn mit dem Gewehr in der Hand zur Ehe gezwungen hat ...

**Die wilden Jahre der Delaneys**

**Band 58 504**

**Flammen der Leidenschaft**
**Deutsche Erstveröffentlichung**

Es ist wirklich nicht die feine Art, wie Sloan Lassiter sich benimmt: Er will Brianne Delaney nur dann helfen, ihren entführten Bruder zu befreien, wenn sie zur Belohnung seine Geliebte wird.
Brianne ist hin- und hergerissen. Keine Delaney läßt sich gerne zu etwas zwingen, und schon gar nicht von einem Mann – doch dieser gutaussehende, atemberaubende Cowboy kann selbst die stärkste Frau dazu bringen, in seinen Armen schwach zu werden . . .

BASTEI LÜBBE

**Sie erhalten diesen Band im Buchhandel, bei Ihrem Zeitschriftenhändler sowie im Bahnhofsbuchhandel.**